KB172248

2020 오늘의 좋은 시

이혜원 · 맹문재 · 임동확 엮음

2020 오늘의 좋은 시

초판 1쇄 인쇄 · 2020년 2월 27일
초판 1쇄 발행 · 2020년 3월 5일

엮은이 · 이혜원, 맹문재, 임동확
펴낸이 · 한봉숙
펴낸곳 · 푸른사상사

주간 · 맹문재 | 편집 · 지순이 | 교정 · 김수란
등록 · 1999년 7월 8일 제2-2876호
주소 · 경기도 파주시 회동길 337-16(서패동 470-6)
대표전화 · 031) 955-9111(2) | 팩시밀리 · 031) 955-9114
이메일 · prun21c@hanmail.net / prunsasang@naver.com
홈페이지 · http://www.prun21c.com

ISBN 979-11-308-1567-1 03810

값 15,000원

이 도서의 국립중앙도서관 출판예정도서목록(CIP)은 서지정보유통지원시스템 홈페이지(http://seoji.nl.go.kr)와 국가자료종합목록 구축시스템(http://kolis-net.nl.go.kr)에서 이용하실 수 있습니다. (CIP제어번호 : CIP2020008233)

2020 오늘의 좋은 시

이혜원 · 맹문재 · 임동확 엮음

책을 내면서

2019년 한 해 동안 문학잡지에 발표된 시작품들 중에서 101편을 선정했다. 선정된 시들은 다양한 제재와 주제의식과 미학을 보여주고 있다. 어느덧 우리 시단의 흐름은 몇 가지의 양상으로 분류할 수 없을 만큼 다양하고 복잡하다는 것을 알 수 있다. 그에 따라 많은 시인들의 작품을 수록하지 못한 한계가 크다.

예년과 마찬가지로 이 선집의 선정 기준은 작품의 완성도를 우선적으로 내세웠지만 독자와의 소통적인 면도 중시했다. 시인의 주관성이 지나쳐 소통되지 않는 작품들은 함께하지 않은 것이다. 난해한 작품들이 워낙 많아 어느 정도를 난해한 수준으로 볼 것인가는 논란이 될 수밖에 없다. 이 선집은 그 작품들을 적극적으로 수용하지 못한 아쉬움이 있다.

시인들의 시작품을 우열로 가릴 수는 없다. 따라서 이 선집은 우열의 차원보다는 우리 시단의 흐름을 파악해보려는 의도로 작업했다.

선정 작업의 책임감을 갖는다는 차원에서 작품마다 해설을 달았고 필자를 밝혔다. 필자 표기는 다음과 같다.

이혜원=a, 맹문재=b, 임동확=c

촛불혁명 뒤 처음으로 치를 국회의원 선거가 다가오고 있다. 촛불 정부가 열렸지만 우리 사회의 개혁이 얼마나 어려운지 한 해 동안 역력히 보았다.

차원이 다르지만, 좋은 시를 쓰는 일도 마찬가지라고 생각한다. 많은 독자들이 이 선집에 실린 시인들의 노고를 인정해주고 응원해주기를 희망한다.

2020년 2월

엮은이들

차례

2020 오늘의 좋은 시

성을 쌓는 자, 길을 내는 자

고두현

성을 쌓는 자 망하고
길을 내는 자 흥한다는데

성을 쌓으면 울이 자라고
길을 내면 새가 난다는데

한 봄 내내

울안에 나를 가두고
길 밖에서 너를 기다렸구나.

(『현대시』 2019년 6월호)

"성을 쌓는 자 망하고/길을 내는 자 흥한다"는 말은 1,300여 년 전 돌궐제국의 명장 투뉴쿠크가 한 말이라고 한다. 그는 이런 신념으로 북방의 드넓은 영토를 석권할 수 있었다. 동서고금의 역사에서 이 말의 타당성은 여러 차례 입증되었다. '모든 길은 로마로 통한다'고 할 정도로 개방적이었던 로마의 도로는 로마가 세계의 중심이 되는 데 결정적으로 작용했다. 동서의 교역로인 비단길은 관련국들의 문화적 풍요에 기여한 바가 적지 않다. 반면 만리장성을 쌓으며 만만세의 영광을 꿈꾸었던 진나라는 통일 후 불과 15년 만에 멸망하고 말았다. 성은 쌓으면 쌓을수록 울이 자라 행로가 막히고 길은 온갖 문물과 생명의 통로가 된다.

성과 길의 대비는 비단 인류 역사뿐 아니라 개개인의 삶에도 똑같이 적용된다. 마음의 성을 쌓으면 쌓을수록 고립은 깊어지고, 마음의 길을 낼수록 관계는 확장된다. 이 시의 화자는 "한 봄 내내" 성 안에 자신을 가두고 길 밖을 서성이던 자신을 한탄한다. 마음의 성을 쌓아 망해버린 '너'와의 관계를 후회한다. 역사와 인간사에 두루 통용되는 흥망성쇠의 원리를 간명하고 인상 깊게 그려내고 있는 시이다. (a)

불의 폭우가 쏟아진다

고성만

전신주에 불이 붙고 불붙은 자동차가 달려가고 아기 안은 여자가 물로 뛰어들고 목줄 매인 개가 울부짖는

불가마 안에서

바짝 마른 몸 이리저리 굴려 먼 길 가려다가 개미 밥으로 부스러지는 지렁이 붕붕거리는 말벌 떼 맹렬하게 뜨거워지는 한낮 엉겅퀴 사위질빵 갖가지 색으로 피어나는 숲속 결사적으로 교미하는 잠자리 나비

독을 품고 있는 시선 꼬리 달린 꿈 날개 돋친 말

어 여기 벌집이 있네 우리 아이들 쏘이면 큰일인데, 노란 제복 입은 사내들이 사다리차 타고 올라와 충혈된 눈으로 화염방사기 들어 지지지지~ 자 이제 전면전이다 덤벼라,

아파트 난간 너머로 불타는 지구가 추락한다

(『문학들』 2019년 가을호)

마치 전신주에 불이 붙고, 불붙은 자동차 달려가는 듯한 형국이다. 불가마 같은 더위를 못 견뎌 하는 아기 안은 여자가 물속으로 뛰어들고 그 땡볕에 노출된 목줄 매인 개가 안타까이 울부짖는다. 그뿐 아니다. 뜨겁게 달궈진 대지 위에서 먼 길을 가려고 길을 나선 지렁이는 말라 부서져 개미 밥이 되고, 독침을 가진 말벌 떼가 붕붕거리는 화탕지옥도(火湯地獄圖)를 연상시킨다. 그리고 이는 모두 폭염 속에서 동시다발로 일어난 일들이다. 하지만 그 지옥 같은 더위 속에서도 엉겅퀴와 사위질빵이 갖가지 색으로 피어난 숲속에선 잠자리와 나비들의 교미가 이뤄진다. 어느 한쪽엔 극도의 고통인 폭염이 또 다른 생명체에겐 생의 절정을 선사한다. 따라서 폭염기일수록 더욱 왕성한 활동을 벌이는 말벌들과 아이들을 위협하는 그 말벌집을 제거하려 화염방사기를 들이대는 소방관 사내들은 딱히 적대적인 것만은 아니다. 어찌 보면 각자 처한 환경과 조건에서나마 서로 간 저마다 최선을 다해 치열한 생명 활동의 전면전을 감행하고 있을 뿐이다. 그러니 이 시에서 아파트 난간 너머로 추락하는 지구로 비유되는 벌 떼가 다름 아닌 폭염처럼 뜨겁고 비장한 우리들 삶의 모습이라고 해도 무방하리라. (c)

이소선

고영서

1970년 11월 13일, 전신을 붕대로 감싼 전태일은
마지막 유언을 어머니에게 남긴다

엄마, 내 말 잘 들으세요…… 노동자들은 캄캄한 암흑세계에서 일하고 있는데 나는 보다 더 볼 수가 없었어요 내가 죽어서 그 캄캄한 암흑세계에 작은 창구멍을 하나 낼 테니, 노동자와 학생 모두 합해 힘을 보태주세요

그날로부터 숨을 거두기까지 꼬박 40년

잘 살았다
잘 싸웠다

(『문학청춘』 2019년 가을호)

위의 작품의 화자가 소개하는 “이소선”은 전태일의 어머니로 한평생 노동운동과 민주화 운동을 위해 걸었다. 1970년 11월 13일 전태일이 평화시장 노동자들의 열악한 노동 조건을 향상시키기 위해 “근로기준법을 준수하라”, “우리는 기계가 아니다” 등을 외치며 분신한 것을 계기로 온몸으로 투신한 것이다. 분신한 뒤 병원으로 옮겨진 전태일은 “엄마, 내 말 잘 들으세요…… 노동자들은 캄캄한 암흑세계에서 일하고 있는데 나는 보다 더 볼 수가 없었어요 내가 죽어서 그 캄캄한 암흑세계에 작은 창구멍을 하나 낼 테니, 노동자와 학생 모두 합해 힘을 보태주세요”라고 부탁했다. 아들의 부탁을 받은 어머니는 그날부터 40년간 싸워 모든 노동자들의 “어머니”가 되었다.

“이소선” 어머니의 삶은 가히 경이적이다. 경찰과 노동청 등이 전태일의 장례를 서둘러 치를 것을 회유하며 강요했지만 평화시장의 노동조합 사무실을 확보한 뒤 장례식을 치른 것을 시작으로 청계피복노동조합의 결성 등 수많은 노동운동과 민주화 운동의 길을 몸을 사리지 않고 열었다. 그 과정에서 구속되어 고초를 겪기도 했지만 한 번도 포기하지 않았다. “이소선”은 1929년 12월 30일에 태어나 2011년 9월 3일 향년 81세로 별세했다. 마석 모란공원에 있는 전태일 열사의 묘소 곁에 안장되었다. (b)

빨간 샐비어의 기상예보

고형렬

나는 기상예보란 말을 좋아한다
1936년 창문사에서 나온
김기림 시인이 기상도 때문은 아니다
선친이 새벽마다 기상예보를 들었기 때문이다

지금도 기상예보를 들으면 마음이 설렌다
300밀리 폭우가 산간에 내리면
내가 살던 곳에 홍수가 나고 파도가 쳤다
아이가 빠져 죽고 배가 떠내려갔다

나는 지금도 기상예보를 믿으며 살고 있다
소년 때도 연애 시절 때도 사십대 때도
그것의 불확실성을 믿었다
더 늙어서도 그것을 믿을 것이다

기상청의 예보관 말이 좀 틀리면 어떤가요?
좀 틀려야 기상이 아닌가요?
맞추어 오는 바람과 구름과 비와 해는
나의 바람과 구름과 비와 해가 아니지요

나는 오늘도 비가 오나 안 오나 하고
기상예보를 믿고 우산을 가방에 챙겨 넣고

도시로 나왔다
그 가방 속 작은 우산이 나의 마음이다

비가 온다는 날은 입담이 좋아진다
나는 청량리역쯤에서 기상예보가 틀렸으면 한다

(『시와 표현』 2019년 9 · 10월호)

지금에야 기후변화에 대한 과학적 정보와 기상 기후 빅데이터 활용으로 정확성이 높아졌다지만, 얼마 전까지만 해도 기상청의 예측에 대한 신뢰도가 그리 높은 편은 아니었다. 그럼에도 불구하고 우린 그대로 믿었다가 낭패보기 일쑤인 기상예보를 마냥 외면할 수 없었다. 보다 빠르고 정확하게 전달하는 것을 생명으로 하는 날씨예보가 일상생활과 산업 등 다양한 분야에 끼치는 영향이 결코 만만치 않기 때문이다. 잘 들어맞지도 않았던 기상예보에 익숙한 세대의 일원으로 살아온 '나'는, 그러나 지금에도 그런 기상예보를 들으면 왠지 마음이 설렌다. 부정확한 기상예보 때문에 산간에 내린 300밀리 폭우로 홍수가 나고 파도가 쳐 아이가 빠져 죽거나 배가 떠내려가는 불행한 사태가 벌어지기도 했지만, '나'는 지금에도 미래에도 기상예보에게 굳은 신뢰를 보낸다. 기상예보의 불확실성과 삶의 모호성이 서로 닮아 있다고 생각하는 까닭이다. 특히 그것들이 무의미나 혼돈을 의미하는 것이 아니라 어떤 면에서 '나'의 삶을 더욱 풍부하고 풍요롭게 한다는 것을 느낀 바 있기 때문이다. 그러니까 부정확한 날씨 예측에 대한 '나'의 관대한 태도는 여기서 비롯된다. 기상 변화를 일으키는 중요 변수인 바람과 구름과 해가 '나'의 의지에 따라 움직이는 소유물이 아니듯, '나'의 생도 사실 스스로가 완벽히 통제할 수 있는 어떤 것이 아니다. 다만 최대한 예측 확률을 높이려 노력하는 기상청의 기상예보처럼 '나' 역시 '나'의 불온전성을 기꺼이 받아들이면서 더욱 온전해지려고(Vollständikeit) 노력하는 자일 뿐이다. 오늘도 기상예보를 믿는다고 하면서도 그런 '나'는 반신반의하며 우산을 챙겨 나온다. 그러면서도 비가 와도 좋고, 오지 않아도 상관없다는 심정으로 집 밖으로 나선다. (c)

나비가 되어

공광규

어젯밤에는
내가 나를
아주 깊이 안아주며 잤어

이렇게 팔을 엇갈려
네가 나를 안아주듯
내가 나를 안아주었어

그리운 너의 체온
감자알처럼
고구마 뿌리처럼 만져지는
내가 나를 만지는 슬픔

그러다 손목을 엇갈려
가슴에 얹고
뻗어가는 슬픔
꾹꾹 누르다 잠들었어

나비가 되어
펄럭펄럭
너에게 다녀오려고

(『시인동네』 2019년 6월호)

예로부터 나비는 행운과 불운을 모두 상징하는 존재이다. 아름다움과 행운과 사랑 등을 알려주는 동시에 죽음과 불행을 의미하는 것이다. 가령 봄에 흰나비를 먼저 보면 좋지 않은 일이 생길 것이고, 노랑나비나 호랑나비를 먼저 보면 좋은 일이 생길 것이라고 여기는 우리나라의 풍습이 그 모습이다. 고대 그리스에서 나비를 영혼 또는 불멸을 의미하는 프시케(Psyche)로 불린 것도 그러하다. 프시케는 지하 세계에 가서 그곳의 왕비인 페르세포네의 아름다움을 가지고 오라는 아프로디테의 임무를 수행해 오다가 호기심을 이기지 못하고 열어보는 바람에 죽음의 잠에 빠져든다. 다행히 에로스의 도움으로 깨어난 뒤 프시케는 사랑과 영혼의 여신이 되었다.

나비의 행운과 사랑의 모습은 위의 작품에서도 볼 수 있다. 작품의 화자는 "어젯밤에" "내가 나를/아주 깊이 안아주며 잤"다고, "팔을 엇갈려/네가 나를 안아주듯/내가 나를 안아주었"다고 말한다. 그 과정에서 "감자알처럼/고구마 뿌리처럼 만져지는/내가 나를 만지는 슬픔"을 느꼈다고도 밝힌다. 그리하여 "손목을 엇갈려/가슴에 얹고/뻗어가는 슬픔/꾹꾹 누르다 잠들었"다고, "나비가 되어/펄럭펄럭/너에게 다녀"왔다고 행복감을 나타낸다. 화자는 자신의 슬픔을 기꺼이 껴안는 나비 같은 존재가 된 것이다. (b)

국경에서 용악을 만나다

곽효환

대흥안령산맥 서쪽 기슭에서 발원하여
서쪽으로 흘러 러시아와 옛 몽골을 가르는 어얼구나강
멀리 멀리 북동쪽으로 돌아
마침내 흑룡강이 되고 아무르강이 되는
국경이 되어 흐르는 물길 앞에 서다
시월이면 함박눈 펑펑 쏟아져 쌓이고
혹한의 밤 깊으면
번뜩이는 이쪽과 저쪽 총구 아래
또렷이 물 흐르는 소리만 들리는
폭탄을 품은 젊은 사상이 유령처럼 나타날 것* 같은
국경의 강안에서 나는
차마 눈감지 못하는 사내를 본다
목숨을 건 삶들이 건너가고 건너왔을
지금도 계속되는 시름 많은 시대의 강가에서
터지는 울음을 애써 삼키는 북관의 사내를 보며
나도 운다

* 이용악의 「국경」에서 인용.

(『푸른사상』 2019년 여름호)

한 인간의 정체성 위기는 자신의 것과 자신이 아닌 것 사이의 경계를 어디로 할 것인가를 결정할 수 없을 때 일어난다. '북관의 사내' 혹은 '북방의 시인'으로 불리는 이용악이 그의 시 「국경」을 쓸 때의 사정도 이와 유사했으리라. 올바른 정신을 가진 시인이라면 국권을 상실한 일제강점기 식민지 백성으로서 '나는 누구인가?'란 질문을 피해갈 수 없었을 것은 너무도 자명하다. 하지만 이용악은 자신의 정체성 문제를 단지 민족적이고 국가적인 차원에 한정해서 생각하지 않았다. 한민족의 시원으로 손꼽히는 눈 내리는 만주 벌판을 가로지르는 흑룡강 가에서 국권 상실의 백성으로서 비애를 되새기면서도 국가 간의 갈등과 민족 간의 끝없는 갈등과 희생을 야기하는 모든 '국경'을 폭파시킬 젊은 사상의 예감을 했다. 여전히 국경과 인종의 문제로 몸살을 앓고 있는 오늘의 시대 속에서 '나'는 강안(江岸)에서 나라 잃은 백성의 비애에 애써 울음을 삼켰을 그런 이용악 시인의 생각에 젖는다. 그가 잠시 멈춰 서서 시름에 잠겼을 강가에서 흑룡강 기슭에서 '나'는 지금 죽어서도 한국인으로서 지고의 정체성을 넘어, 어쩌면 범인류애적인 차원에서 국경의 문제와 씨름하느라 차마 눈감지 못하는 시인을 떠올리며 눈물 한 방울로 깊은 애도와 존경의 염(念)을 대신하고 있다. (c)

여운형

권서각

아시아의 작은 왕의 나라 명문가에 태어나
신언서판 뚜렷이 갖추셨으나
왕조의 날은 저물어 나라는 바람 앞의 등불 같았지요.
누구보다 한발 앞서
노비 문서 빚 문서 모두 불사르고
인민이 주인인 새로운 나라를 꿈꾸셨지요.

일본에 나라를 잃은 억울한 사정 세계에 알리려고
누구보다 한발 앞서
상하이에서 신한청년당 만들어
파리 강화회의에 대표를 파견하고
동경으로 해삼위로 서울로 동지들 보내어
조선독립만세 운동을 예비하셨습니다.

3 · 1혁명의 숨은 일꾼이 선생인 것을 안 일본이
선생을 회유하기 위해 국빈 초대 했을 때
도쿄 제국호텔에서
일본의 만행을 규탄하고 조선 독립의 필요성을 역설하는
누구도 하지 못했던 명연설을 하여
조선에 사람이 있음을 만방에 알렸습니다.

해방되리라는 것을 미리 아신 선생은

누구보다 앞서
새로운 나라를 세우려고 비밀결사 건국동맹을 조직하였고
해방 후에는 건국준비위원회를 만들어
우리 겨레 하나 되어 살아갈 새로운 나라를 예비하셨습니다.

해방 공간 여론조사에서 우리 겨레는
조선을 이끌어갈 양심적 지도자가 누구냐는 물음에
가장 많은 수효가 선생이라 답했습니다.
이승만 김일성을 합친 수를 웃돌았습니다.
찬탁이니 반탁이니 하며 권력다툼 할 때
누구보다 앞서
좌우합작의 통일국가를 주장했습니다.
1947년 그날, 혜화동 로터리의 총성과 함께
선생의 앞서가시던 발걸음도 멈추고 말았습니다.

남보다 앞서가는 이를 선구자라 하고
나보다 인민을 위해 일하는 이를 지도자라 한다면
선생은 우리 겨레의 참다운 선구자요 지도자이십니다.
선생이시여, 보시나요? 70년이 지난 지금
우리 겨레 하나 되게 하려던 선생의 뜻 헛되지 않아
삼천리강산 이 산 저 산 꽃으로 피어납니다.

(『푸른사상』 2019년 여름호)

몽양(夢陽) "여운형"은 부친의 상을 치른 뒤 자신의 상투를 잘랐으며 "노비 문서 빚 문서 모두 불사르고/인민이 주인인 새로운 나라를 꿈꾸"었다. 또한 "일본에 나라를 잃은 억울한 사정 세계에 알리려고/누구보다 한발 앞서/상하이에서 신한청년당 만들어/파리 강화회의에 대표를 파견"했다. 몽양의 독립운동은 조선이 "해방되리라는 것을 미리" 알고 "새로운 나라를 세우려고 비밀결사 건국동맹을 조직하였고/해방 후에는 건국준비위원회를 만들어/우리 겨레 하나 되어 살아갈 새로운 나라를 예비"했을 정도로 빛났다. 그리하여 "해방 공간 여론조사에서 우리 겨레는/조선을 이끌어갈 양심적 지도자가 누구냐는 물음에/가장 많은 수효가" 지지했다.

그렇지만 "1947년" 7월 19일 "혜화동 로터리의 총성과 함께" "앞서가시던 발걸음도 멈추고 말았"다. 정적에 의해 암살당함으로써 찬탁과 반탁을 극복하기 위해 세웠던 좌우합작위원회는 해산되고 말았고, 남한과 북한이 단독정부를 수립함으로써 분단이 고착화되었다. 몽양은 타계 이후 소위 빨갱이로 몰려 한평생 헌신한 독립운동조차 인정받지 못했다. 2002년부터 몽양을 기리는 추모사업회가 조직되었고, 2005년 건국훈장 대통령장이 추서되어 그나마 다행이다. (b)

시간의 바깥

권지영

그는 나의 몸 어디에도 스치지 않으나
나는 이미 그의 깊숙이 들어와 있다
그의 품은 차갑지도 뜨겁지도 않고
나는 그 안에서 가끔 울음을 멈추며
그의 텅 빈 어깨에 멍하게 기대어 있기도 한다
어디선가 어둠을 깨며 부스럭거리는 별빛 하나
그의 손끝에 닿은 허공이 어둠을 토해낸다
가난해서가 아니라 가슴이 말라버려
별 보는 일도 잊어버린 나날들
언젠가 당신을 만난다면
별똥별이 수놓는 시간의 바깥,
텅 빈 들녘 어디에도 나는 없고,
어디에나 나는 있다

(『시인뉴스 포엠』 2019년 3월호)

시간은 '나'의 몸 어디에도 스치지 않은 것 같으나 언제나 이미 거기 이어왔고, '나' 역시 처음부터 차갑지도 뜨겁지도 않은 그 시간의 품에 깊숙이 들어와 있다. '나'는 그런 점에서 예외 없이 그 시간의 품 안에서 가끔 울음을 멈추거나 어깨에 기댄 채 위로받거나 의지하는 시간적 존재다. 하지만 어느새 가슴이 말라버린 '나'는 쫓기듯 살아가는 나날들 속에서 그런 지루한 반복과 지속에 갇힌 참다운 시간의 손끝에 닿은 허공에 빛나는 별들을 망각한 채 살아간다. 그러면서도 '나'는 달콤하면서도 쓸쓸한 비탄의 지나간 시간과 언젠가 당신과 꼭 만나고 싶은 다가올 시간의 통절한 희망으로 자신의 현재를 구속하고 제한하는 것들은 인내하면서 별똥별이 수놓는 시간의 바깥에 대한 기억과 기대의 끈을 놓지 않는다. 시간에서 영원으로, 혹은 죽음에서 불사로 이끌어주는 곧고 좁은 무시간적 현재. 곧 평상시에는 도저히 불가능한 '시간의 바깥' 속에서 '나'는 잠시나마 어디에도 없고 또 어디에나 있는 순간의 자식으로 살고 있다는 것을 느낀다. (c)

저녁이 와서 당신을 이해할 수 있었다

권현형

종소리는 잘 빠져들게 되는 음악
받지 못한 편지의 안타까운 말줄임표

저녁과 저녁 사이
성북구의 성당 앞을 지나가다가
운 좋게 종소리를 들었다
요사이 쌓인 죄가 녹아 없어지는 순간

흰 눈가루를 타고 어깨에 내려앉는 종소리와 함께
가까이 있는 심장과 함께 두 손을 가지런히 모으고
나의 죄를 내가 용서해도 된다면
지금 생각나는 사람을 맘껏 생각할 것이다

아직 쫓기는 꿈을 꾸는 것은
수렵의 본능을 기억하는 것이 아니라
성모 마리아의 따뜻함을 믿는 것이다

어머니는 돌아가셔도 어머니 역할을 해주신다는
믿음을 가엾은 인류는 여전히 갖고 있다

백오십 년 된 식물 채집 표본을 볼 수 있는 것만으로
오늘의 할 일은 다 했다

머나먼 베를린의 벼룩시장에서 구한 식물 채집 표본은
색감이 엷어져 있다

빛을 파묻고 시간에서 마른 장미 냄새가 나다니
다행이다, 언젠가 내게서 마른 장미 냄새가 날 수 있다니
부드러운 후각의 저녁이 와서 나를 이해할 수 있었다

(『공정한 시인의 사회』 2019년 12월호)

해가 지고 밤이 되어 오는 때에 성북구의 성당 앞을 지나다가 운 좋게 들은 종소리. 특히 그 종소리엔 간절히 받고 싶었으나 받지 못한 편지의 말줄임표와 같은 안타까움이 서려 있다고 느낀다. 문득 그러면서 요즘 쌓인 죄가 녹아 없어지는 듯한 미묘한 느낌에 사로잡힌다. 그래서 잠시 '나'는 스스로가 지은 죄를 스스로가 용서할 수 있다면, 간절히 받고 싶었으나 끝내 받지 못한 편지의 발신인을 맘껏 생각하는 불경(不敬)을 범해도 되는 건 아닌지 생각한다. 하지만 '나'는 솔직히 마음 상태가 조금 심리적으로 불안하고 초조하기에 아직도 쫓기는 꿈을 자주 꾼다. 하지만 '나'는 그게 내면에 웅크리고 있는 야수적 본능의 냉혹함 때문이 아니라고 믿는다. 대신 영혼의 인도자로서 성모 마리아의 자비와 맞물려 있다고 생각한다. 그래서 '나'는 여느 인간들처럼 설령 어머니가 죽어서도 성모 마리아 같은 은총을 베푼다는 믿음을 지지하는 편에 속한다. 그리고 그건 머나먼 베를린의 벼룩시장에서 구한, 어느새 색감이 엷어져 있는 식물 채집 표본을 볼 수 있는 것만으로 지극한 만족감으로 이어진다. '나'는 그 식물 채집 표본을 통해 가족과 자식에게 영양을 공급하고 음식을 제공하기 식물 채집에 나섰던 성모 마리아 같은 숭고한 여성성과 조우한다. 열정과 성장, 풍요와 욕망을 나타내는 낮의 빛을 파묻는 마른 장미 냄새가 코끝을 스치는 평화로운 저녁에 이르러서야 비로소 '나'는 어디선가 들려오는 종소리를 들으며 스스로와 화해하고 용서하며 이해할 수 있는 시간을 갖고 있는 것이다. (c)

피아노 소리

김경미

내 머릿속으로는 늘 쾅! 놀람 공포 충격의 피아노 소리가 들린다 두 손으로 한꺼번에 모든 건반을 누르는 쾅! 내가 속았다 쾅! 실패했다 콰쾅! 너는 못났다 콰콰쾅! 끝장이다 콰콰쾅! 너만 싫다 쾅 콰콰쾅! 그걸 막느라 한사코 청춘을 다 바쳤다 누가 피아노 앞에 앉지도 못하도록 누구도 피아노 근처에 가지도 못하도록 내 앞에서 피, 자도 꺼내지 못하도록 멀리 멀리

(『포지션』 2019년 봄호)

어떤 이유에선지 피아노 소리는 '나'에게 결코 호의적인 기억으로 다가오지 않는다. 언제나 놀람과 공포, 혹은 충격으로 다가온다. 자유로운 자아의 소유자인 '나'는 자신이 누군가에게 속았다거나 실패했다고 생각할 때마다 그 피아노 소리가 폭력적으로 들려오는 것을 느낀다. 특히 스스로가 실패했다고 생각하거나 자기혐오에 빠져 있을 때 어김없이 더욱 크게 다가오는 것을 체험한다. 그래서 그럴 때마다 '나'는 거기서 무력하게 도망치기보다 그걸 막아서려고 필사적으로 온 힘을 쏟는다. 누구도 그 피아노의 근처에 가지 못하게 할 뿐만 아니라 피아노의 '피' 자(字)도 꺼내지 못하도록 강한 투정을 부린다. 중요한 것은, 하지만 그걸 내가 그 피아노 소리를 명확히 인식하고 있다는 점이 아니다. 역설적이게도 부정적이든 긍정적이든 그런 피아노를 인식하고 승인하는 '나'의 삶의 형식과 근거라는 사실에 있다. 내가 한껏 성장할 수 있고 더 강해질 수 있었던 건 아이러니하게도 피아노에 얽힌 고통과 고뇌를 기꺼이 받아들이면서부터라고 할 수 있다. (c)

단풍

김경후

눈먼 핏빛 새들
열린다
날개 묶여
열린다
떨어진다 열린 채
얼어붙은 채
엄마, 떨어지면 날아가?
가을일수록 하늘은 멀고 높지
지하철역 스크린도어 열리고
닫힌다
내가 스마트폰을 찾는 사이
열차 지나간다
날아갈 듯 핏빛 눈빛들

(『창작과비평』 2019년 겨울호)

수분이 말라 떨어지는 단풍은 그 가벼워진 몸피 때문에 수직 강하하지 않고 잠시 허공을 선회하다 낙하한다. 날개처럼 펼쳐진 잎 모양과 날아갈 듯 떨어지는 모습에서 착안한 듯, 이 시에서는 단풍을 "눈먼 핏빛 새들"에 비유한다. 나는 듯 떨어지는 하강의 동선과 강렬한 색감이 합쳐져 비극적인 느낌이 강화된다. 한 둥우리에 모여 있는 어린 새들처럼 한자리에 열렸다가 제대로 날아보지도 못하고 한 번에 떨어지는 단풍잎들의 행로를 연상한 탓이리라. 나자마자 찬바람에 얼어붙은 채 떨어져 날아야 하는 어린 잎새들의 두려움과 호기심이 안쓰러워 보인다. 저들은 멀고 높은 가을 하늘을 얼마나 날아다니게 될까? 아니면 한 번도 비상해보지 못하고 맥없이 바닥에 주저앉게 될까? 어린 단풍잎을 바라보는 눈길은 한없이 애잔해진다.

시의 후반부는 갑작스럽게 지하철역의 풍경으로 바뀐다. 지하철역의 스크린도어가 열리고 닫히는 잠깐 사이 스마트폰을 찾던 '나'를 두고 열차는 지나간다. 그리고 차창 사이로 "날아갈 듯 핏빛 눈빛들"이 가득 보인다. "눈먼 핏빛 새들"과 이어지는 "핏빛"의 이미지가 그들의 행로를 불길한 시선으로 바라보게 한다. 어딘가를 향해 저토록 빠르게 질주하는 저 "핏빛 눈빛들"은 자신이 어디를 가고 있는지 아는 것일까? 그들 역시 "눈먼 핏빛 새들"처럼 알 수 없는 운명의 행로에 자신을 맡기고 있는 것은 아닐까? (a)

호박

김광렬

내 눈에는 가만히 있으나
내 마음에는 가늘게 움직이고 있다
그 작고 여리기만 하던 것이
굵고 단단해져가는 것을 보면 알 수 있다
긴 탯줄 배꼽에 달고
땅바닥이나 높다란 담장 위에서
시간을 기다리고 있다
더 여물어야 한다며
뿌리는 쉬지 않고 젖을 흘려보내고
바람과 빛은 넘실거리며 입술을 비벼댄다
숙의 민주주의가
민주주의 씨앗 위에서
성숙해나가는 것처럼 호박이,
가만한 것 같지만
가만하지 않는 소리를
저 깊은 곳에서 내밀히
둥 둥 북소리처럼 울려대고 있다

(『문학청춘』 2019년 가을호)

위의 작품의 화자는 "호박"을 바라보며 "내 눈에는 가만히 있으나/내 마음에는 가늘게 움직이고 있다"고 밝힌다. 화자는 "그 작고 여리기만 하던 것이/굵고 단단해져가는 것을 보면 알 수 있다"고, "긴 탯줄 배꼽에 달고/땅바닥이나 높다란 담장 위에서/시간을 기다리고 있다"고 그 근거를 댄다. "더 여물어야 한다며/뿌리는 쉬지 않고 젖을 흘려보내고/바람과 빛은 넘실거리며 입술을 비벼"대는 것도 들고 있다. 화자가 "호박"의 여물어가는 모습에 호감을 가지고 바라보는 것은 "숙의 민주주의"를 지향하고 있기 때문이다. "숙의 민주주의가/민주주의 씨앗 위에서/성숙해나가는 것"을 기대하고 가능성을 믿고 있는 것이다.

숙의 민주주의는 시민들이 자유롭고 평등한 상황에서 토론과 논증으로 결과를 만들어내고 그것을 국가의 정책 결정에 반영하는 민주주의 제도이다. 정책 결정의 정당성을 확보하는 것으로 최근 시민단체들이 정치 참여에 적극성을 띠고 있는 참여 민주주의 제도와 유사하다. 사회적 합의를 이루어내는 절차 자체를 중요시하는 것으로 이념이나 이미지를 중심으로 대중을 선동하고 여론을 조작하고 다수결 원리를 정당화하는 현대 민주주의 정치의 병폐를 개선할 수 있는 것이다. (b)

나무가 애인이던 시절

김미선

자주 나무한테 가던 시절이 있었네
듬직하면서 위로 쭉 뻗은 나무
팔을 힘껏 벌리고 가슴을 등피에 꽈악 붙이면
그의 심장 소리가 들려왔지

어디에 닿을 곳 없는 이마로
엎드려 고개 숙일 때
나무는 내가 닿는 자리마다
그의 이마로 현현했지

그의 몸에
내 몸을 붙이고 눈을 감으면
저 아래 묵은 서러움이 물관부 수액을 타고
흘러 흘러 나갔어
그러면 그럴수록 더욱 환해지는 부끄러움

그래도 나무는
나를 꼭 끌어안고
탁한 호흡을 가라앉히고
달콤한 수액을 내 몸 안으로 흘려보냈지

나도 너처럼 나무가 되고 싶어

언젠가 투정했을 때
그는 나직하게 웃대
우듬지에 매달린 잎들도 웃음이 되어 쏟아지대
햇살도 화르르 풀어졌지

(『푸른사상』 2019년 가을호)

위의 작품의 화자가 "자주 나무한테 가던 시절이 있었"다고 고백하는 것은 그만큼 꿈이 있었음을 나타낸다. 화자에게 그 꿈은 그지없이 소중한 것이었다. 그리하여 화자는 희망을 포기할 수 없어 "나무"를 찾아가곤 했다. 그럴 때마다 "듬직하면서 위로 쭉 뻗은 나무/팔을 힘껏 벌리고 가슴을 등피에 꽈악 붙이면/그의 심장 소리가 들려왔"다. "어디에 닿을 곳 없는 이마로/엎드려 고개 숙일 때/나무는 내가 닿는 자리마다/그의 이마로 현현했"던 것이다.

나무의 특성은 굵기와 줄기가 해마다 성장한다는 사실이다. 나무의 성장은 자연적으로 주어지는 것이 아니라 더위와 추위와 태풍을 견디어내고 이룬 것이다. 따라서 나무는 이 세상의 어떤 존재보다도 생명력이 강하다. 자신에게 주어진 운명을 긍정하고 굳건하게 대지에 뿌리박으며 창공으로 날아오르려는 욕망을 적극적으로 펼치는 것이다. 화자에게 나무는 구세주 같은 존재였다. 생명의 원천이고 성장의 푯대이며 행동의 중심이었던 것이다. 화자가 "나도 너처럼 나무가 되고 싶어/언젠가 투정했을 때/그는 나직하게 웃"음을 보여주었다. (b)

제의

김수우

아홉 집이 다니던 공동변소 입구는 수돗가였다
함께 똥을 뭉개면서도 양동이 싸움박질은 매일이었다
못생긴 양동이들 긴 줄 앞에서 삿대질은 고래 꼬리지느러미처럼
솟구쳤다 삶이 파도임을 그때 배웠다

싸움에 진 어느 날
아침엔 용왕을, 저녁엔 마고할미를 섬기던 엄마는
공동수돗가 앞에 굿판을 차렸다
좁디좁은 골목에 떡이 높다랗게 쌓였다
마른 북어들도 죽지 않은 것처럼 왁왁거렸다
무당은 칼끝으로 엄마를 함부로 찔렀다
엄마 무릎에서 커다란 물고기들이 떨어졌다
무당이 펄쩍거릴 때마다 돌아온 생령들이 거미처럼 쏟아졌다

대나무 잎새들이 떨리자 재들이 날렸다
누구의 재일까, 곰곰 생각 중에 비늘들은 살갗에 붙었다
우리는 반짝였다 죽은 자들 사이에 살고 있는 목숨은 진지했다
무당도 울고 엄마도 울었기에
눈물은 물고기가 되어 바다로 갈 것이 확실했다
엄마의 제사, 하필 겨울이었다
겨울인데도 분꽃 씨앗들이 부푸는 중이었다

봄이 오면 난 아홉 살이 될 참이었다

겨울을 무수히 넘었어도 양동이만 보면 줄 세우고 싶은 하루
엄마가, 무당이, 하던 뛰어넘기에 나도 열중한다
발밑 아래선
천 길 낭떠러지가 나를 바라보고 있다

(『시와반시』 2019년 겨울호)

어린 시절 공동변소가 있는 곳이자 급수 문제 때문에 매일 인근 주민들 간에 싸움박질이 일어나던 곳이 엄마가 굿판을 차린 공동수돗가였다. 엄마는 어떤 말 못 할 사연의 싸움에 진 어느 날, 그 공동수돗가 앞에 최초의 신전이자 성당이라고 할 수 있는 굿판을 차렸다. 비좁은 골목에 떡과 북어를 진설하고 무당이 함부로 엄마를 칼끝으로 찌르는 무당굿이 시작되었다. 하지만 무당이 펄쩍거릴 때마다 생령들이 쏟아지고, 특히 엄마의 무릎에서 커다란 물고기들이 떨어지던 그날의 정경들과 기억들이 '나'의 주된 관심사는 아니다. 무당이 진지하게 굿판을 벌이는 사이 삶과 죽음, 이승과 저승 사이에 어떤 존재가 들어오면서 재가 날리고 비늘들이 살갗에 붙는 잊지 못할 기억들이다. 그중에서도 무당과 엄마가 공통된 신들림으로 해서 함께 우는 신들림의 순간, 그 눈물에 힘입어 엄마의 무릎에서 떨어진 물고기가 바다로 갈 것이라는 생각이 오래 잊어지지 않는 기억으로 남아 있다. 문득 '나'는 엄마의 제삿날 이런 굿판을 추진했던 엄마를 새삼 기억해낸다. 그러면서 어느새 내가 아홉 살이 되기 전에 경험한 엄마의 청원 굿을 이어받고 있다고 느낀다. 또한 '나'의 삶 역시 그때나 지금이나 천 길 낭떠러지 밑에 일렁이는 거친 파도 속에 휩싸여 있다고 생각한다. 엄마가 어떤 삶의 궁지를 탈출하기 위해 굿판을 벌이듯 '나' 역시 위태위태한 삶의 균형 유지를 위해 저만의 제의를 치르고 있는 중일지 모른다. (c)

하시마섬 탄광 벽에 쓰여진 배고픈 글씨

김승희

하시마 섬
섬 전체가 탄광인 일명 지옥 섬
갱도는 해저 1000m
탄광의 벽에
쓰여진 한글 글씨

어머니 보고 싶어
배가 고파요
고향에 가고 싶다

15세, 16세의 조선인 어린 소년들이
하시마 섬 탄광으로 끌려가
강제노역을 했던 무인도,
이 중 많은 소년들이 영양실조와 학대로 숨졌고
시신은 갱도에 매장되거나 바다에 내던져졌다고
역사는 전한다

세계 유네스코 위원회는 이 조선 소년들의
베고픈 글씨를 기리기 위해
이 섬을 세계문화유산으로 지정했다

하나님

곡식 제물을 바치려거든 고운 가루로 바치라고 하셨지요
이 곡식 제물은 고운 가루가 되도록
역사의 맷돌에 짓이겨졌습니다
이 소년들의 배고픈 글씨를 기억해주소서
맷돌 손잡이를 잡은 이들을 기억하소서

(『현대시』 2019년 9월호)

근래에 세계 유네스코 위원회에서 일본의 섬 가운데 하나인 하시마를 세계문화유산으로 지정한 바 있다. 하지만 말이 좋아 세계문화유산이지, 실상 한국인들에겐 그 섬은 일제강점기의 뼈아픈 역사의 기억이 새겨져 있는 비극의 현장이다. 그걸 여실히 드러내고 있는 것이 섬 전체가 탄광인 그곳의 해저 1,000m 갱도의 탄광의 벽에 쓰인 한글 글씨다. 거기엔 당시 15세, 16세의 나이로 강제노역에 동원된 조선인 소년들이 남긴 "어머니 보고 싶어" "배가 고파요" "고향에 가고 싶다" 등의 깊은 심연에 터져 나올 법한 실존의 절규들이 아로새겨져 있다. 하지만 역사적 기록에 의존하는 관광객이나 참배객은 자칫 그 글귀에 새겨진 실존의 목소리를 간과하기 십상이다. 절대 고립의 무인도에서 영양실조와 학대로 사망하는 데 그치지 않고, 그 갱도에 매장되거나 수장된 원혼들의 절규를 온전히 추체험하는 이들은 솔직히 극히 드물 수밖에 없다. 그래서 문득 위령제를 거행하는 제사장으로 현신(現身)한 시인은 모든 이들이 "배고픈 글씨"에 들어 있는 피해자 소년들의 생생한 아픔을 "기억해"주길 하나님께 기도한다. 특히 "맷돌 손잡이를 잡은 이들"로 대변되는 가해자들을 역시 "기억해"주길 요청한다. 한낱 문화 유적이 아니라 인류의 미래를 감각하고 체험하며 사유하는 살아 있는 교훈의 장소가 바로 하시마 섬이다. (c)

기침에 대한 명상 2

김 완

오랜만에 베란다 창문을 여니 시원한 바람이 가슴에 들어찬다 심호흡하며 두 달 가까이 폐에 들어와 사는, 들끓는 말들에게 물어본다 언제쯤 떠날 것인지 이대로 생명이 다할 때까지 내 안에서 창궐할 것인지, 오랫동안 몸과 마음 지치고 우울하게 해온 기침과 가래, 누구는 말이 되지 못한 것들이 기침이 된다 했다

폐를 찍은 흉부 X-선을 정밀하게 들여다본다 오랫동안 나를 괴롭히는 기침의 근원을 찾아 왼쪽 폐 상엽의 음영을 확대한다 인간과 사물의 음영을 본다는 점이 시와 유사하다 하지만 의학에는 은유가 없다 말이 되지 못한 것들의 뼈, 잿빛 가래 알갱이가 돌이 되기까지 폐에 갇혀 있던 시간들, 질식 직전의 순간 숨이 끊어질 듯 막무가내로 터져 나오는 기침은 말의 죽음에 저항하는 마지막 아우성인지 모른다 언제쯤 거침없는 심호흡 마음껏 해볼 수 있을까 편견 없이 살기 위해서, 살리지 못한 말들을 위해서 최소량의 말[言]이 필요하다

(『신생』 2019년 겨울호)

위의 작품의 화자는 "두 달 가까이 폐에 들어와 사는, 들끓는 말들에게 물어본다 언제쯤 떠날 것인지 이대로 생명이 다할 때까지 내 안에서 창궐할 것인지"를. 화자는 "오랫동안 몸과 마음 지치고 우울하게 해온 기침"이 "말이 되지 못한 것들"이라고 생각한다. 그리하여 "언제쯤 거침없는 심호흡 마음껏 해볼 수 있을까" 기대해본다. "편견 없이 살기 위해서, 살리지 못한 말들을 위해서 최소량의 말[言]이 필요하다"는 것이다.

화자의 이와 같은 인식은 시인의 정체성을 드러낸 것으로 볼 수 있다. 화자는 시인이 창작하는 "시"란 "인간과 사물의 음영을" 보는 것이라고 생각한다. 밝은 쪽보다는 어두운 쪽을, 편안한 쪽보다는 불편한 쪽을, 힘 있는 쪽보다는 힘없는 쪽을 끌어안는 것이다. 그렇지만 자신은 그와 같은 역할을 제대로 하지 못하고 있다고 고백한다. 그리하여 용기를 가지고 마치 김수영 시인이 "기침을 하자/젊은 시인이여 기침을 하자./눈을 바라보며/밤새도록 고인 가슴의 가래라도/마음껏 뱉자"(「눈」)라고 외쳤듯이 시인으로서 당당하게 발언하고자 하는 것이다. (b)

도배공 김 씨

김윤현

모두가 벽을 피해 다닐 때
그는 벽을 찾아다닌다

모두가 벽이 앞길을 막아선다고 할 때
그는 벽 앞에서 삶을 막아낸다

산다는 것은 어떻게 하느냐보다
무엇을 하는가에 달려 있다며

모두가 벽을 만나면 고개 숙일 때
그는 꽃무늬 든 벽지 바르려 고개를 든다

오래된 벽지처럼 빛바랜 삶의 언저리에 꽃무늬 넣으려
벽에 다가서 보는 것이다

쑤시는 몸에 파스 바르듯
한 겹 한 겹 벽지를 날렵하게 바르며
허술해진 삶을 벽처럼 바로 세워보려는 것이다

풀 묻힌 솔로 자신보다 더 긴 벽지 바르다 보면
벽은 막다른 골목이 아니라
입에 풀이 부족했던 생을 막아보려는 그에게는

직장이 되었다

달아나는 것이 아니라 다가서는

장미가 가시 사이에서 피듯
벽 사이에서 삶을 세워보는 도배공 김 씨

그는 우리의 든든한 벽이다

(『사람의 문학』 2019년 겨울호)

위의 작품에서 "도배공 김 씨"는 방이나 벽에 종이를 바르는 도배 일을 천직으로 삼고 있다. "모두가 벽을 피해 다닐 때/그는 벽을 찾아다"니고, "모두가 벽이 앞길을 막아선다고 할 때/그는 벽 앞에서 삶을 막아낸다". "산다는 것은 어떻게 하느냐보다/무엇을 하는가에 달려 있다"고 여기고 "모두가 벽을 만나면 고개 숙일 때/그는 꽃무늬 든 벽지 바르려 고개를" 들고, "오래된 벽지처럼 빛바랜 삶의 언저리에 꽃무늬 넣으려/벽에 다가"선다. 도배 일은 사람들이 소득 수준과 생활 수준이 높아지면서 꺼리는 소위 3D 업종에 속한다.

이와 같은 상황에서 위의 작품은 노동시로 주목된다. 그동안 노동시는 열악한 작업 현장이나 저임금, 장시간 노동, 산업재해 등에 관심을 가졌고, 문제 해결을 위해 파업, 투쟁, 농성, 쟁의 등을 추구했다. 노동자들이 자신의 권리를 획득하기 위한 행동이었기에 정당성이 인정된다. 따라서 위의 작품에서와 같이 노동 현장을 구체적으로 그리는 일이 필요하다. 노동자의 삶을 구체적이고 주체적으로 그릴수록 노동시는 풍부해지고 노동운동은 힘을 낸다. 도배공은 "우리의 든든한 벽"이라는 연대의식을 이루어낼 수 있는 존재이다. (b)

파종

김은정

대지는 화로다.
청정한 흙을 가다듬고 자작자작 물로 적시고
그 안에 낙토 밀지 같은 씨앗을 품게 하는 건
장차 광대무변 불무더기 지피는 거룩한 시작이다.
아무것도 없으면 아무 일도 못 할 줄 알지?
무근이라 화근도 없고 무소유라 실체도 없으니
알 같은 탄생의 기호를 천진한 점으로 보여주고
조금 지나서는 정교한 기대에 겸허히 응답하며
제 뜻을 능히 펴는 아메바 운동으로도 보여주고
나아가서는 아량, 폭 넓은 관용의 춤까지 준비하여
만방으로 담대히 파고들며 성대한 불길을 열 것이다.
각양각색 곡절과 시련 극복하고 청운의 꿈 펼치는 자리
불심으로 꽃 수루 만들어 기치 올리면 활활 불 봉수다.
불씨에서 불씨로 가는 순리 그 핵심으로 유세정진
크나크게 축원하나니, 반드시 이루라 불멸!

(『아라문학』 2019년 가을호)

위의 작품에서 "대지는 화로"라고 비유한 면이 주목된다. 논이나 밭 따위를 숯불을 담는 화로로 비유함으로써 그곳에 뿌려지는 씨앗이 불씨가 되기 때문이다. 따라서 화로에 담긴 불이 꺼지지 않고 지속될 필요가 있는데, 화자는 그와 같은 차원을 넘어 궁극적으로 "불멸"되기를 희망하고 있다. 그만큼 "씨앗"의 생명력을 소중하게 여기는 것이다. 화자는 "청정한 흙을 가다듬고 자작자작 물로 적시고/그 안에 낙토 밀지 같은 씨앗을 품게 하는 건/장차 광대무변 불무더기 지피는 거룩한 시작"이라고 파종으로 그 가능성을 제시하고 있다. 대지를 부족함 없이 살아가는 "낙토"라고 인식하는 것에서도 볼 수 있다. 그리하여 "아무것도 없으면 아무 일도 못 할 줄 알지?"라고 반문하며 "만방으로 담대히 파고들며 성대한 불길을 열 것"을 기대하는 것이다.

이렇듯 작품의 화자는 걱정하기보다는 즐겁고 기쁜 마음으로 파종한다. "각양각색 곡절과 시련 극복하고 청운의 꿈 펼치는 자리"에서 "활활 불 봉수"가 오르기를 희망하는 것이다. 그리하여 화자는 "불씨에서 불씨로 가는 순리 그 핵심으로 유세정진/크나크게 축원"한다. "반드시 이루라 불멸!"을 노래한다. "파종"은 곡식이나 채소의 씨를 뿌리는 것을 넘어 어떤 일의 밑거름이나 혈통을 잇는 자식을 만드는 일이 되는 것이다. (b)

페미니즘

김종미

오래되면 귀에도 바람 드나 보다
바람 든 무처럼 슬쩍슬쩍 새면서 들리는 목소리
남편 앞으로 온 택배 배달 아저씨
나를 보고 "보호잡니까?" 한다
아니오, 마누라예요
그러니까 보호잡니까?
아닌데요!
배우자냐고요!
세 번 만에 알아들었다
배우자를 보호자로 알아들었으니 잠깐
그동안 여권이 그만큼이나 신장되었나?
페미니즘이 마침내 우리 집에 도착한 줄 알았다
고작 두 번의 시행착오 만에
배우자로 돌아온 나는 뒷바퀴 구르듯 웃었다
앞바퀴 구르듯 아저씨도 웃었다
앞치마 벗은 페미니즘이 광장에서 푸른 손을 흔들어대는데
우리 집은 무풍지대
스스로도 인정 못 하는 보호자라는 지위
오래전에 사놓고 신어보지도 못한 구름 한 켤레

(『딩아돌하』 2019년 겨울호)

위의 작품에서 화자는 "남편 앞으로 온 택배 배달 아저씨"가 자신을 보고 "보호자"냐고 묻자 "아니오, 마누라예요"라고 답한다. 스스로 중년이 넘은 여성이라고 허물없이 말한 것이다. 확실하지 않은 답변을 들은 배달부는 "그러니까 보호잡니까?"라고 다시 묻는데, 화자는 여전히 "아닌데요!"라고 대답한다. 상대방의 답답한 대답에 배달부는 다시 "배우자냐고요!" 좀 더 분명하게 묻는다. 그제야 화자는 "세 번 만에 알아들었다/배우자를 보호자로 알아들었"음을 깨달은 것이다. 화자는 배달부와 말을 주고받는 사이 "그동안 여권이 그만큼이나 신장되었나?", 다시 말해 "페미니즘이 마침내 우리 집에 도착한 줄" 알았다. 자신을 "마누라"라고 인식하고 있던 화자는 배달부로부터 남편을 보호할 책임을 가지고 있는 "보호자"로 불렸을 때, 그동안 성별에 의한 차별을 받아왔기에 놀라 착각했던 것이다. 그리하여 "두 번의 시행착오 만에/배우자로 돌아온" 화자는 "뒷바퀴 구르듯 웃"고 만다. "앞치마 벗은 페미니즘이 광장에서 푸른 손을 흔들어대는데/우리 집은 무풍지대"라고 인정하고 만 것이다.

오늘날 대학에 진학하는 여학생 수가 남학생 수에 뒤지지 않고, 취업 여성이 증가하고 있으며, 문학 등 예술 분야에도 눈에 띄게 진출하고 있다. 국가적으로도 여성부가 설치되어 여성 인권이 증진되었고, 가정폭력방지법이나 성매매특별법이 제정되어 남성의 폭력으로부터 보호받고 있다. 그렇지만 아직도 여성이 남성과 대등한 관계를 갖지 못하고 있는 것이 사실이다. 페미니즘 의식이 여전히 필요한 것이다. (b)

안부

김중일

일 년 전 펑펑 눈 오는 날 어디선가 작은 새가 하얀빛에 이끌려 날아왔다. 새가 부딪혀 죽은 창문에 손가락 한 마디쯤 되는 실금이 생겼다. 모두 그 일을 잊고 시간은 흐르고 매일 나무 우듬지가 조금씩 자라듯 실금도 아무도 몰래 자라났다. 사계절이 흐르는 동안 아무도 몰래 서서히 그날이 왔다. 드디어 그날 밤만 지나면 창문은 허물어질 것이었다. 세상 누구도 그 사실을 몰랐다. 허물어질 일만 남은 창문에 예기치 않은 첫서리가 내렸다. 예정된 새벽 그 순간, 허물어지려는 창문에 첫서리가 홑겹의 얇은 배내옷처럼 입혀졌다. 그리고 세 시간 삼십 분쯤이 지나, 초겨울 아침해가 창에 드리운 지 한 시간 십 분 만에 첫서리는 냇물에 던져진 흰옷처럼 젖어 투명하게 흘러내렸다. 그런데 웬일인지 창문은 허물어지지 않고, 꼭 사흘을 더 버텼다. 버티다가 떨어지는 첫눈을 맞고, 다 타버린 재처럼 하얗게 허물어져내렸다.

이번 겨울에 그 사람도 하얀 창문 같았다.

이후 동네 아이가 던진 눈뭉치처럼 하얀 새가 하얀빛에 이끌려 날아와도 부딪혀 죽지 않았다.

(『문학동네』 2019년 봄호)

이 시는 한 창문에 일 년 동안 일어난 일을 기록한 관찰 일기 같다. 일 년 전 어느 날 이 창문에는 사고가 일어났다. 흰 눈이 펑펑 오던 날 하얀 빛에 이끌려온 작은 새 한 마리가 창문에 부딪혀 죽은 것이다. 새가 부딪히며 창문에는 보이지 않는 실금이 생겼지만 아무도 크게 신경 쓰지 않는다. 창문은 저 혼자 상처를 키운다. 사계절이 흐르는 동안 "나무 우듬지가 조금씩 자라듯" 창문의 실금은 계속 자라난다. 더 이상 지탱하지 못할 정도로 상처가 깊어져 창문이 곧 허물어질 즈음에 뜻밖의 일이 일어난다. 첫서리가 내려 창문에 홑겹의 얇은 배내옷처럼 입혀졌기 때문이다. 곧 무너질 듯 위태롭던 창문은 갓난아기를 지키듯 혼신의 힘으로 버틴다. 배내옷 같던 첫서리가 햇살에 녹아 냇물에 던져진 흰옷처럼 흘러가고 나서도 꼭 사흘이나 버틴 후 첫눈을 맞고는 하얀 재처럼 무너져 내린다. 이제 이 창문이 있던 자리에는 새들이 날아와도 부딪혀 죽지 않는다.

이 시는 창문의 차가운 물성을 정반대의 느낌으로 변화시키고 있다. 작은 새를 희생시킬 정도로 차갑고 딱딱했던 창문은 상처를 간직한 채 견디다 재처럼 하얗게 산화한다. 창문과 첫서리의 어울림은 아름다울 뿐 아니라 감동적이다. 첫서리는 "홑겹의 얇은 배내옷"처럼 창문에 입혀졌다가 "냇물에 던져진 흰옷처럼 젖어 투명하게 흘러"가버린다. 창문에게는 잠시 함께했다 떠나간 아기처럼 애달픈 존재인 셈이다. 창문이 버텨낸 사흘은 첫서리를 그리는 애도의 기간이었으리라. 창문은 더 이상 작은 새의 통로를 막지 않고 자기를 비워 어린 생명을 맞는다. 이토록 인간적인 창문 이야기는 정지용의 「유리창」 이후 처음인 듯하다. ⓐ

노근리 학살

김창규

미군 기병연대에서
쏟아지는 총탄 세례
피 흘리며 죽어가는 굴다리 입구 피난민
가족을 모두 잃고 살아남은 자의 슬픔
해마다 그날이 오면
매미 소리 그친 날
아 통곡조차 하지 못했다

노근리 선명한 굴다리 총탄 자국
죽어서 말하지 못하는 사람들을 대신하여
아들 손자들에게 말한다
노근리 학살 현장만 보아도
세상에서 가장 악랄한 부대가 미군이라는 것
저들은 죄책감이 없다

하나님을 믿는 사람이지만
위대한 민족은 불의와 압제
아메리카에 저항하는 것이다
미군 주둔 필요 없다
그렇게 말할 사람 있을까
미군 필요 없다 양키 고 홈
그렇게 거리에서 소리쳤다

경찰서에 끌려갔다
무조건 맞았다

노근리 하룻밤 자는데
흰옷 입은 사람 꿈속에 찾아와
손을 잡아주었다
남과 북이 하나가 되어야
한이 풀린다 했다

(『푸른사상』 2019년 겨울호)

위의 작품의 화자는 "미군 필요 없다 양키 고 홈/그렇게 거리에서 소리쳤다"가 "경찰서에 끌려"가 "무조건 맞"은 경험이 있을 정도로 "노근리 학살"을 역사적 사건으로 인식하고 있다. 그리하여 "노근리 선명한 굴다리 총탄 자국/죽어서 말하지 못하는 사람들을 대신하여/아들 손자들에게" 밝혀주려고 한다. 또한 "남과 북이 하나가 되어야/한이 풀린다"는 신념으로 남북통일을 추구하고 있다.

노근리 양민 학살 사건은 한국전쟁 동안 일어났다. 1950년 7월 23일 미군이 영동읍 주곡리 마을로 들어와 주민들에게 피난하라고 소개령을 내렸다. 대전이 북한군에 의해 함락되어 영동읍 부근에서 미군과의 전투가 임박한 때였다. 주곡리와 임계리 주민들은 7월 26일 충청북도 영동군 황간면 노근리까지 미군에 의해 강제로 인솔되어 갔다. 그곳에서 미군은 소지품 검사를 한 뒤 피난민들을 경부선 철로 위에 올려놓고 전투기로 폭탄을 투하하고 사격을 가했다. 뿐만 아니라 살기 위해 도망치는 양민들을 쌍굴다리 안에 몰아넣고 7월 29일까지 총을 난사했다. 살해된 피난민은 300~400명 정도로 추정되는데, 그중의 83%가 부녀자와 노약자였다. 미군은 교전하지 않는 상황에서 민간인의 생명과 인권을 유린한 것이다. 생존자의 증언, 참전 미군의 증언, 국내외 학자들의 연구 결과 등에서 밝혀졌듯이 노근리 양민 학살 사건은 미군 상부의 지시에 의해 발생했다. 철저한 진상규명과 배상 및 보상이 필요하다.[1] (b)

---

1) 노근리에서 매향리까지 발간위원회, 『노근리에서 매향리까지 – 주한미군 문제해결 운동사』, 깊은자유, 2001, 26~83쪽.

녹(綠)

김창균

쇠들이 숨을 쉰 흔적이다
공기의 발자국이 딛고 간 자리다
점점이 점점이 한숨이 깊었던 자리도 있다
녹슨 철제 식탁에 앉아 맨밥을 먹으며
맨밥이 놓인 밥상에
옛날의 얼굴을 한 술씩 떠다 앉힌다.

누군가의 숨결이 닿을 때마다
붉거나 푸르게 몸서리치는 몸
바람에 들키지 않으려 참고 참았다
끝내 내뱉는 한숨
나의 나날을 일깨우는 녹
가끔 나는 나를 알아보는 나와 대면하면
푸른 얼굴을 돌려 외면한다.

(『발견』 2019년 여름호)

녹은 공기 중에 있는 산소나 수분이나 이산화탄소의 작용으로 금속의 표면이 부식하여 생겨난다. 금속 표면이 광택을 잃으며 붉거나 푸르거나 검게 변하고 울퉁불퉁해지기 때문에 원래의 상태에서 멀어지게 되고 한 번 녹이 생기면 회복되기도 어렵다. 그래서 물이 많이 닿는 식탁에 쇠를 쓰는 경우는 드물다. 이 시에는 특이하게도 쇠로 된 식탁이 등장한다. 그것도 매끈한 표면을 지닌 식탁이 아니라 녹슨 철제 식탁이다. 녹슨 철제 식탁에서 맨밥을 먹는 상황이란 십중팔구 '혼밥'을 하는 경우일 것이다. 혼밥을 할 때는 식탁 주위의 온갖 자질구레한 광경이 눈에 들어온다. 이 시의 화자는 시선을 내리깔고 철제 식탁의 모습에 주의를 집중하고 있다. 녹슨 식탁의 얼룩들을 보며 "쇠들이 숨을 쉰 흔적"이나 "공기의 발자국이 딛고 간 자리"를 연상한다. 뿐만 아니라 자신처럼 조용히 혼밥을 했었던 누군가의 "한숨이 깊었던 자리"를 떠올리기도 한다. 이제 시상은 점차 감정적으로 내밀해진다. 혼자 앉은 식탁에 "옛날의 얼굴"들이 소환되며 기억에 잠기게 된다.

두 번째 연은 화자가 바뀌어 식탁의 입장에서 서술된다. 철제 식탁은 예민하기 그지없다. 누군가의 숨결마다 민감하게 반응할 수밖에 없다. 산소가 닿으면 몸이 망가지기 때문이다. 바람결에도 상처가 날까 들키지 않으려 숨죽인다. "끝내 내뱉는 한숨"은 식탁의 것이기도 하고, 지금 혼밥을 하고 있는 자의 것이기도 하다. 이 순간부터 둘은 거울처럼 마주하며 서로를 비춘다. 서로 "나를 알아보는 나"를 느끼며 "푸른 얼굴을 돌려 외면한다". 녹슨 철제 식탁에서 맨밥을 먹던 '나'는 결국 자신의 몸에 가득한 녹을 들여다보게 된다. (a)

야심(夜深)

나해철

밤이 현실
낮이
꿈이네

추상이 실상이 되기까지
실상이 추상이 되기까지

슬픔도 덤덤해진
낮과
기쁨도 사무치는 밤이라네

꿈 안의 소요(逍遙)요
꿈 밖의 고업(苦業)에

햇살도 사람도 땅도
스스럼없이

상관도 없이
머물다 물러가곤

밤의 비애는 생생하고
낮의 환희는 가뭇없네

(『시와경계』 2019 가을호)

지금까지 우리는 모든 종류의 어둠을 부정적인 것으로서 추방과 박해의 대상으로 여겨왔다. 하지만 시인은 담대하게 낮과 밤의 역할을 전도시키며 밤이 현실이고 이제 낮이 꿈이라고 선언한다. 하지만 추상적인 밤이 실상이 되고, 구체적인 실상이 추상화되기까지의 과정을 결코 쉽지 않다. 모든 것들을 명확하게 슬픔마저도 덤덤해지는 낮과 어떤 작은 기쁨의 성취라도 사무치게 다가오는 밤의 매력에 흠뻑 빠져보는 것이 무엇보다도 먼저 요청된다. 그러니까 야심(夜深)에 일어난 전도된 현상들은 모든 사물을 올바르게 보지 못한 채 헛된 꿈을 꾸고 있으면서도 그게 꿈인 줄 모르는 일종의 전도몽상(顚倒夢想)과 다르다. 밤을 엄연한 현실로 받아들이면서 꾸는 "꿈 안의 소요"는 현실세계의 낮을 더욱 의미 있는 것으로 체험할 수 있게 하기 때문이다. 반면에 깊은 밤 꾸는 "꿈 밖의 고업"은 모든 꿈들이 현실화될 수는 없지만, 바로 그런 꿈 때문에 모든 현실을 더욱 탄력성을 얻기 때문이라 할 수 있는 것이다. 문득 시인은 낮의 환희가 가뭇해지고 밤의 생생한 비애 속에서 천지만물은 스스럼없이 자유롭게 머물다 가는 것을 느낀다. 일상의 소란과 염려가 사라진 밤의 세계 속에서 시인은 비로소 자신만의 꿈을 가지며, 그런 밤의 세계 속에서 모든 인간학적 근본 현상이 제자리를 잡는다는 것을 몸소 체험하고 있는 중에 있다. (c)

누가 아프다는 이야기를 듣는 저녁

문 신

누가 아프다는 이야기를 듣는 저녁이다
공단 지대를 경유해 온 시내버스 천장에서 눈시울빛 전등이 켜지는 저녁이다
손바닥마다 어스름으로 물든 사람들의 고개가 비스듬해지는 저녁이다

다시, 누가 아프다는 이야기를 듣는 저녁이다

저녁에 듣는 누가 아프다는 이야기는
착하게 살기에는 너무 피로한 사람들의 이야기다
문득 하나씩의 빈 정류장이 되어 있을 것 같은 사람들의 이야기다

시내버스 뒤쪽으로 꾸역꾸역 밀려드는 사람들을 보라
그들을 저녁이라고 부른들 죄가 될 리 없는 저녁이다

누가 아파도 단단히 아플 것만 같은 저녁을 보라
저녁에 아픈 사람이 되기로 작정하기 좋은 저녁이다

시내버스 어딘가에서
훅,

울음이 터진들 누구도 거들떠보지 않을 저녁이다

이 버스가 막다른 곳에서 돌아 나오지 못해도 좋을 저녁이다

(『시인수첩』 2019년 가을호)

인간이 처할 수밖에 없는 수동성과 유한성을 그대로 인정하고 깊이 공감할 수밖에 없는 상황 속에서 곧잘 발현되는 게 공공심(公共心)이다. 인간의 한계를 절감할 수밖에 없는 극단의 고통 속에서 언어가 상실하거나 세계가 차단되는 경험이 역설적으로 타자와의 깊은 소통 내지 공감을 부른다. 누군가 아프다는 얘기를 듣고도 별다른 행동을 취하지 않는 태도가 그렇다. 얼핏 볼 때, 그 또는 그녀는 누군가의 고통이나 슬픔에 대해 그저 무감각하고 무심한 것처럼 보인다. 하지만 꼼꼼히 관찰해보면 그 또는 그녀의 시선은 어느덧 저임금과 고강도의 노동에 시달리는 공단노동자에 가 있다. 무엇보다도 아주 은밀하게 착하게 살기에는 너무나 열악한 환경과 삶의 피로에 노출되어 있는 사람들의 곤궁과 불행을 자기화하고 있다. 하루를 마감하는 저녁과 늦은 귀가를 위해 시내버스 뒤쪽으로 꾸역꾸역 밀려드는 사람들을 동일시하며, 또 다른 누군가가 아파도 단단히 아플 것만 같다는 불길한 예감에 사로잡혀 있다. 그래서 이제 아픈 사람이 되기로 작정하기도 했다 해도, 결코 그 말은 믿을 게 못 된다. 어떤 의식적인 선택과 결단에 앞서, 아니 저도 모르게 그 또는 그녀는 타인과 함께 상처받을 가능성에 노출되어 있었던 까닭이다. 급기야 울음이 터진들 누구도 거들떠보지 않는 막다른 골목의 사람들에 대한 지극한 연민 또는 선한 사회적 본성이 일찍부터 그 또는 그녀의 내면에 작동하고 있었던 때문이기도 하리라. (c)

거울

민 구

우리는 사라지지 않으려고
그것을 번갈아 들었다

속으로 하는 마음의 말을
하나부터 열까지 세느라
내가 온 줄 모르나 보다

거울에는 저울이 없지만 누군가
지옥까지 가져가라고 한 말의 무게를
그것은 정확하게 재고 정확하게 발설한다

당신이 손거울을 하나 주웠다면
떨어지는 비를 조심하자
부서질까 봐 불안한 건
언제나 내가 아닌가

위에서 본 거울은 유리의 강
만 개의 얼굴이 떠다니고
물속에 손을 집어넣으면
자유롭게 흐르는 감정과 기복을
동시에 느낄 수 있다

거울을 들고 있다
사라지지 않으려고
먼저 들키지 않으려고

이사를 하다가 그만
거울을 떨어뜨렸다
유리 파편을 치우며
내가 나를 밟은 것처럼 서러웠다

거울을 놓친 건 너인가 나인가

떠나려는 마음을 들킨 게
누구인지 아시는 분?

네가 기다렸으면 한다

(『포지션』 2019년 가을호)

'거울'의 시는 끝이 없다. 거울도 시도 자신을 들여다보는 가장 섬세한 도구이기 때문일 것이다. 이 시의 거울은 좀 더 복잡하다. '나'와 '너' 사이의 미묘한 감정을 비추고 있다. 이들은 "사라지지 않으려고" 거울을 번갈아 들며 애쓴다. 이런 상황에는 거울이 깨지는 것을 관계의 파탄을 암시하는 것으로 받아들였던 오랜 속설이 작용한다. 이들이 사라지지 않으려 애쓰고 마음의 말에 붙들려 있는 것으로 보아, 다정하고 안정된 상태가 아닌 것을 짐작할 수 있다. "지옥까지 가져가라고 한 말의 무게"까지 거울은 정확하게 비추고 있다. 거울은 언제든 부서질 수 있는 물건이고 그런 거울을 보며 느끼는 불안은 온전히 그렇게 느끼는 자의 것이다. '나'는 떨어지는 비조차 두려워할 정도로 거울이 깨질까 두려워한다. 그러나 그토록 불안한 일이라면 또 피할 수 없는 것이기도 하다. '나'는 이사를 하다 기어이 거울을 떨어뜨려 깨트린다. 부서진 거울을 보며 "내가 나를 밟은 것처럼" 서러워한다. 일어날 일이 결국 일어나고 만 것이다. 아슬아슬하게 위태로운 '나'와 '너'의 미묘한 심리가 거울을 매개로 감각적으로 그려진 시이다. (a)

벅수, 벅수
— 양공육 조각가의 작품에 부쳐

박관서

얼척없는 사내 둘이 서로를 바라본다. 마누라한테 빽따귀를 얻어맞은 사내나 옆집 아낙에게 눈탱이를 긁힌 사내나 매일반인데, 은근짝 서로를 비웃던 아버지들이 장독을 풀어야 헝께 막걸리나 마시러 가자며 맞장구를 친다. 사는 것이 거시기 헝께 뭐시기 헌다며 뒤태를 보이지 않던 사내들의 풍경이 매듭을 짓는다.

(『사이펀』 2019년 겨울호)

위의 작품에서는 마을 어귀나 길가에 수호신으로 세운 사람 모양의 형상인 "벅수"를 "얼척없는 사내"로 그리고 있다. "얼척없다"는 것은 전남 지역의 방언으로 "어처구니가 없다"는 뜻이다. 따라서 "벅수"를 한심해서 기가 막힌다고 비하하고 있는 것이다. 그 "사내 둘이 서로를 바라"보는데, "마누라한테 빰따귀를 얻어맞은 사내나 옆집 아낙에게 눈탱이를 긁힌 사내나 매일반"이다. 그러면서 "은근짝 서로를 비웃던 아버지들이 장독을 풀어야 헝께 막걸리나 마시러 가자며 맞장구를 친다". 아무리 서로를 비웃으며 경쟁하는 사이라도 음식을 함께 나누면 이웃이 되고, 또 그렇게 살 수밖에 없는 처지를 인정하는 것이다.

위의 작품에서 화자가 어처구니가 없는 사내들을 마을의 수호신으로 삼는 것은 민중의식을 나타낸 모습이다. 마을은 신분이 높거나 경제적으로 부유하거나 사회적으로 명망이 있는 사람들보다는 장삼이사들이 지킨다. 하찮은 주민들이야말로 마을을 지키는 주체들이다. 이와 같은 화자의 의식은 역사적 사실이 반영된 것이다. 지금까지 나라를 지켜온 사람들은 위정자나 사회의 지배층이 아니라 민중들이었기 때문이다. 전남 무안군 청계면 소재 월선리 예술촌에서 거주하며 작업하고 있는 "양공육 조각가" 또한 그 벅수인 것이다. (b)

암송

박무웅

날카로운 것들을
입속에 넣고 중얼거리다 보면
동그란 사탕처럼 달고 부드러워진다
또 생소한 말들을 혀끝으로 맛보다 보면
금방 익숙해지는 말과 문장들
암송은 부드럽다.
내 몸을 휘돌고 난 다음
다시 들어온 입을 통해 내뱉는
낭송엔 천지의 리듬이
사뿐사뿐 곁들여져 있다.

그러나 책을 보면서 읽는 행위에는
눈을 따라가는 호흡이 거칠고
오르막을 오르듯 헉헉댄다.
시고 떫은 날것의 맛이 난다.

첫 고백의 말투로
처음 들은 어머니의 말투로
나를 빠져나가는
암송은 내 안의 리듬이다.
나만 아는 말투와
나만 다스릴 줄 아는 감정을 통해

꽃향기를 타는 나비처럼
날갯짓으로 훨훨 날아가는
말의 비행(飛行)

내 숨이 묻은
나의 말이 된다.

(『시와표현』 2019년 9 · 10월호)

시 따위를 보지 않고 소리 내어 외우는 것을 의미하는 '암송'은 '나'에게 한낱 호사취미나 직업의 일종이 아니다. 날카로운 관념이나 생소한 개념의 언어를 부드럽게 무두질하는 과정이자 그 낯설고 새로운 추상의 말들을 자기 방식으로 육화하는 작업이다. 일종의 만트라로서 암송을 반복하다 보면, 신성한 소리의 신성한 힘에 감염된 '나'는 거기에 천지의 리듬이 곁들여져 있는 것을 느낀다. 하지만 내게 이처럼 달고 부드러운 맛을 안겨주는 암송과 달리, 눈으로 책을 읽는 묵독(默讀)의 경우는 이와 반대다. '나'의 경험에 따르면, 먹거나 소화하기 힘든 시고 떫은 날것의 맛이 난다. 특히 소리 대신 눈으로만 읽는 독서를 하다 보면, 호흡이 거칠어지고 오르막을 오르는 듯 헉헉대는 것을 느낀다. 그래서 암송하기를 즐겨하는 '나'에게 이제 그것은 하나의 독서법을 넘어선다. 처음 들은 어머니의 말투로 '나'를 관통하는 생생한 삶의 리듬을 의미한다. 특히 개성적인 말투와 더불어 감정 절제 방식을 선물하는 암송 덕분으로 '나'는 꽃향기를 타고 훨훨 날아가는 나비처럼 말의 비행을 언제든 체험하는 행운을 누리고 있다. 한낱 물리적 소리의 마찰의 결과가 아니라 숨결이 묻은 말의 되는 암송을 통해 '나'는 지금 우주적 하모니와 조화시키는 소리의 힘에 흠뻑 빠져 있는 중이다. (c)

시작은 있지만 끝은 없는 이야기

박상수

어젯밤엔 창문을 열어놓고 잠을 잤어 신기하지 꿈속의 꿈에서도 나는 창문을 열고 멀리멀리 흘러가더구나 더이상 갈 수 없는 곳까지, 끝이라고 생각했던 곳에서 조금 더, 겹의 세계를 통화하고 있구나 없는 줄 알았어 한 겹 끝이 세상의 전부인 줄로만 알아서, 어느 책상 위에서 혼자 잠이 들었다가 눈을 떠보면 밤이 있고 거기서부터 다시 꿈이 열린다는 걸 몰랐어 흘러가고 보니 흘러가기도 하는 거구나 고개를 끄덕이며 떠나보내는 것, 버스는 흘러가고 나는 창가에 머리를 기대고 있었지 겨울나무들이 잘린 채로 나를 배웅하고 있었어 사방이 잘린 채여서 비명도 울음도 없었어 아침에 일어나 몸단장을 하지 않으면 그건 네가 아픈 것이라는 말을 이제 흘려보내기로 했어 겨울 처마 밑에는 장작들을 가득 쌓아두었지 이제 불을 지피고 통깨주먹밥을 먹으며 드문드문 된장국을 마시다 보면 무언가를 건너가 있겠지 어쩔 수 없다는 게 이런 거구나 어쩔 수 없다는 것을 안다는 게 이런 거로구나 건너간 다음에야 내가 건너온 것을 돌아볼 수 있겠지 건너왔지만 건너온 것을 모르기도 하겠지 지금은 보이지 않아도 사각 행어에 달아놓은 소원 쪽지들이랑 라탄 바스켓에 담아둔 마른 옷들을 매만지며 아직도 이런 것이 남아 있구나, 꿈속에서는 내가 아직 없어지지는 않았구나 옷 속에 얼굴을 파묻고 흘러가는 시간이 있기도 하겠지 얼굴을 내밀지 않아도 조용히 흘러가는 꿈, 사람들은 일을 하고 철근공은 움직이고, 하나의 꿈을 열고 또 하나의 덧문을 열면서 나는 자꾸자꾸 흘러가고 있었어.

(『문학동네』 2019년 봄호)

이 시는 장주지몽(莊周之夢)처럼 꿈과 현실의 모호한 경계를 넘나드는 기분을 그려내고 있다. 창문을 열어놓고 잠을 잔 상황, 그리고 꿈속에서도 창문을 열고 멀리 멀리 흘러가는 장면은 경계가 무화된 개방성을 보여주는 이 시의 작동 방식과 일치한다. 이 시에서 가장 많이 나오는 동사는 '흐르다'와 '건너다'이다. 그만큼 경계를 '건너는' 장면이 많고 그 과정은 '흐르듯' 유연하다. 모든 장면들이 이미지의 흐름으로 이루어진 영화처럼 선명하면서도 연속적이다. 현실과 크게 다르지 않은 장면들이 대부분이지만, 다른 점은 별다른 감정적 동요가 생기지 않는다는 것이다. 차창 밖으로 겨울나무들이 잘린 채로 지나가는데 "사방이 잘린 채여서 비명도 울음도 없"다. 모든 장면이 끝없이 지나가기 때문에 "어쩔 수 없다"는 생각으로 건너가게 된다. "아침에 일어나 몸단장을 하지 않으면 그건 네가 아픈 것이라는 말은 이제 흘려보내기로 했어", "꿈속에서는 내가 아직 없어지지는 않았구나", "얼굴을 내밀지 않아도 조용히 흘러가는 꿈" 등의 구절로 보아 이 시의 화자는 매우 병약한 상태로 꿈과 현실을 오가고 있는 상태일 것이다. 어쩌면 삶과 죽음을 오가고 있는 것일 수도 있다. 그런 상태에서 돌아보면 꿈결처럼 흘러온 삶이 끝없이 복기되고, 산 것인지 죽은 것인지도 불분명해질 것이다. 이 시는 아스라한 이미지들과 잔잔한 어조로 경계가 모호한 삶과 꿈의 느낌을 펼쳐 보인다. (a)

파란 말

박세랑

가위질을 하자
빛의 잘린 눈꺼풀이 바닥 위로 떨어진다

왜 이렇게 아프지
거울 속에서 나를 보는 게

눈을 멀게 만드는 것은
닿은 빛이 반사되는 나의 어둠이었다

거울을 열고 상처의 캄캄한 안쪽으로 기어들면
그곳에는 파란 말이 있었다

물 위로 떨어진 잉크처럼 어둠은 점점 뿜어져나와 우거진 숲으로 위장했다 길 잃은 말들이 숨어들기 좋을 공간처럼 보였다 파란 말은 지칠 줄 모르고 달렸다 말이 지나간 자리마다 으깨지고 눌린 풀들이 점점 번져갔다 말은 몸속을 관통해 질서 없이 뻗어나가는 풀숲 사이로 날쌔게 달렸다 말이 도착한 곳은 내 심장이었다

파란 말이 들이박고 넘어졌을 때
나는 소리를 반사시키는 얇은 벽이 되었다

누군가 말로 툭 치면 주저앉아버리는,

심장은 희미하게 떨어대다 식어버린 새처럼 멍이 들었다

사람이 하는 말을 믿지 못해서
거울 속에 있는 자신도 믿지 못하고

내가 아닌 듯한 비명이 날뛰면서 갈기갈기 찢어지는데

아직 도착하지 않은 말들 중에서
가장 두려운 말은

너는 겪지 말았어야 할 일들을 너무 많이 겪었구나 하는,

상처를 기억하는 말
파랗게 뒤틀린 나를 깨부수는 말

(『문학동네』 2019년 겨울호)

말[言]과 말[馬]은 언제나 잘 어울리는 짝패이다. 그것들은 지치지 않고 달려간다. 그래서 둘은 곧잘 서로 자리를 바꿔가며 출동한다. 이 시의 출발점에는 말[言]에 상처받은 '나'가 등장한다. 거울을 들여다보고 있는 '나'가 아픔을 느끼는 이유는 어둠 속에 도사리고 있는 "파란 말" 때문이다. 서슬 푸른 날로 상처를 주었던 말이기에 "파란"색으로 나타났을 것이다. "상처의 캄캄한 안쪽"은 "우거진 숲"처럼 짙푸르고 "길 잃은 말들"이 숨어들기 좋아 보인다. 이때부터 말[言]과 말[馬]은 쉽게 자리바꿈을 한다. 파란 말은 숲속의 풀들을 으깨며 지칠 줄 모르고 달려간다. 드디어 "파란 말이 들이박고 넘어"지며 도착한 곳은 "내 심장"이다. 여기서 말[馬]은 다시 말[言]이 된다. 제어할 수 없는 말들은 앞으로도 계속 "내 심장"을 향해 돌진할 것이다. "상처를 기억하는 말/파랗게 뒤틀린 나를 깨부수는 말"들은 비명과 함께 날뛰며 찢어지는 심장을 향해 거침없이 뛰어들 것이다. 상처를 주는 말이 심장까지 와닿는 순간이 질주하는 말의 움직임처럼 역동감 넘치게 표현되고 있다. 말[言]은 말[馬]처럼 살아 있다. ⓐ

이사

박원희

이사는 절정으로 가고자 하는 몸부림이다
그 많은 것을 버리지 못하고
먼지까지 싸안고 떠나는 항행이다
조금 더 멋지고 새로운 것을 찾아 떠나는 이사
이사는 정신의 방황이고
끝나지 않은 혁명이다

이사 보따리를 싸안고 떠나는 길은
멀고 먼 수도자의 길이며
안락의 길을 버리고
떠나는 사람의 이사는 혁명이고
쫓겨난 자의 이사는 반역의 역사이다

재개발구역의 폐허처럼 이사를 다니는 자여
바람 부는 날의 유물론같이 펄럭이는 보따리
깃발의 외침을 보라
네가 쓴 처절한 일기보다 강건한 펄럭임
먼지를 털어내고 가고자 하는 곳으로 날리고 있는
이사를 할 때는 버릴 것은 과감히 버려라
과거의 장식을 모두 떼고 가라
슬픔은 접고

혁명은 죽은 자의 정신에서 나오는 것
이사도 버려진 유물에서 싹트는 것이다

(『시에』 2019년 여름호)

위의 작품의 화자는 자신의 경험을 토대로 "이사는 절정으로 가고자 하는 몸부림"이고, "그 많은 것을 버리지 못하고/먼지까지 싸안고 떠나는 항행"이라고 정의 내리고 있다. "조금 더 멋지고 새로운 것을 찾아 떠나는 이사"는 "정신의 방황이고/끝나지 않은 혁명"이라고 말하기도 한다. "이사 보따리를 싸안고 떠나는 길은/멀고 먼 수도자의 길"이고, "안락의 길을 버리고/떠나는 사람의 이사는 혁명"이며, "쫓겨난 자의 이사는 반역의 역사"라는 것이다.

화자는 이와 같은 인식으로 이사할 때 가져야 할 자세를 제시하고 있다. "재개발구역의 폐허처럼 이사를 다니는 자여/바람 부는 날의 유물론같이 펄럭이는 보따리/깃발의 외침을 보라"고 한다. "이사를 할 때는 버릴 것은 과감히 버려라", "과거의 장식을 모두 떼고 가라"고 하는 것이다. 아울러 "혁명은 죽은 자의 정신에서 나오는 것"이듯 "이사도 버려진 유물에서 싹트는 것"이라고 말한다. 결국 화자는 "이사"를 사는 곳을 옮기는 것을 넘어 정신적인 차원에서의 전환 내지 변화로 인식하는 것이다. (b)

낙과

박윤일

하나님, 속이 썩어 뭉그러지셨겠다
가시 박힌 손등에 후시딘이라도 발라주고 싶다

밤새 태풍 휘몰아치고
후드득 방울토마토들이 나락으로 떨어졌겠다
천지를 호령한다지만
천년의 바람을 어르고 달래 겨우 얻은 과실
벼랑으로 곤두박질치는 속수무책 앞에서는
후시딘 주의사항 글씨보다 더 작아지시는 하나님
십자가 짊어지고 한숨도 못 주무셨겠다

나에게도 비바람에 물러터진 방울토마토처럼
매번 시험에서 떨어지는 막내가 있어서 아는데
돌부리에 넘어져 무릎이 빨갛게 터져 와서는
터진 과육 위에 후시딘 발라주는 일이
햇빛에 바싹 말린 과일보다
내 심장이 더 쭈글쭈글해지는 일이어서 아는데
하나님, 그 속이 철렁철렁하셨겠다

자식 키워봐서 다 아는데
실은 태풍이 아니라 비바람 때문이 아니라
한없이 좁은 누추한 나의 어깨 때문이라는 걸 알아서

꼭지 떨어져 나간 토마토 밤새 주워 담으며
하나님, 눈 감지 못한 채 요단강 건너가셨겠다

(『예술가』 2019년 겨울호)

여느 일하는 인간과 거의 다름없이 가시 박힌 손등을 가진 '하나님'은 모든 해결책을 갖고 있는 전지전능한 초월적 존재가 아니다. 밤새 휘몰아친 태풍 때문에 땅바닥으로 떨어진 방울토마토를 아까워하거나 안타까워하는, 어쩌면 지극히 평범한 농부의 모습을 하고 있다. 그러기에 어느새 항생제인 후시딘의 주의사항 글씨보다 더 작은 존재로 전락해 있는 '하나님'은 거친 바람에 애써 가꾼 수확물들이 벼랑으로 곤두박질쳐도 속수무책일 뿐이다. 매번 시험에 떨어지는 막내가 있는 '나'는 그런 "하나님"의 심정을 십분 이해한다. 낙과 때문에 이미 십자가를 짊어지고 있으면서도 한숨도 못 주무시는 "하나님"과 돌부리에 넘어져 피로 물든 동생의 무릎에 심장에 쭈글쭈글해진 채 후시딘을 발라준 기억이 있는 '나'는 깊은 정서적 유대감을 형성하고 있다. 하지만 '나'와 "하나님"과의 인간적인 유대감이나 연대감은 단지 모든 과일의 낙과나 골육의 좌절을 공유하고 있는 차원에서만 발생하지 않는다. 더 많은 정성과 주의를 쏟지 못한 '나'의 불찰의 결과라는 자책하는 모습에서 조금 더 긴밀한 관계로 확대 전환된다. 미처 눈감지 못한 채 꼭지 떨어져 나간 토마토를 밤새 주워 담으며 요단강을 건너가셨을 "하나님"의 인간화된 무능력과 모든 것을 감당하기에 턱없이 좁고 누추한 '나'의 어깨가 주는 무한의 책임의식이 이들 사이를 더욱 내적으로 결합시키고 있다. (c)

모자이크

박은영

모자가정이 되었다
정권이 바뀌고 수급비가 끊기자
국밥 한 그릇 사 먹을 돈이 없었다
아홉 살 아이는 식탐이 많았다
행복포차식당에서 두루치기로 일을 하고
눈만 붙였다가
등만 붙였다가
엉덩이만 붙였다가, 부업을 했다
아이가 손톱을 물어뜯을 땐
국밥 먹고 싶다는 말이 나올까 봐
야단을 쳤다
반쪽짜리 해를 보며 침을 삼키던 아이는
일찍 침묵하는 법을 배웠다

찢어진 날들을 붙이면 어떤 계절이 될까

내가 있는 곳은
멀리서 보면 그림이 된다고 했지만
인형 눈알을 붙이며 가까이 보았다
초점이 맞지 않아 희부옇게 보이는 내일,
아이의 슬픔이 가려지고
밀린 눈알 너머

조각조각, 조각조각
깍두기 먹는 소리가 들렸다

(『포지션』 2019년 여름호)

어쩌면 '모자이크'란 시 제목은 단순히 여러 가지 빛깔의 돌이나 색유리 등 갖가지 재료들의 조각을 맞추어 도안이나 그림으로 나타낸 미술 형식을 차용한 것으로 그치지 않는다. 가정의 생계를 책임졌던 아버지가 부재한 모자가정을 염두에 둔 시인이 무심결에 '모자, 이크', 곧 '엄마와 자식이 큰일 났군'이라는 생각을 하며 그렇게 썼을지 모른다. 때마침 정권이 바뀌어 수급비가 끊기면서 가정의 생계와 아이의 양육을 책임지게 된 엄마는 유난히 식탐이 많은 아이를 위해 포장마차에서 두루치기 아르바이트를 한다. 하지만 그것만으로 생활비가 모자라 잠과 휴식을 최대한 줄이며 부업 전선에 나선다. 그리고 시의 전반부는 대체로 이런 모자 가정의 단편 상을 잘 보여주고 있다. 하지만 시의 후반부는 극적으로 반전되어 이런 가정의 관찰자의 시점이 아니라 모자가정을 책임지고 이끌어 가는 '나'의 시점에서 전개된다. 그리고 '나'는 거기서 먼저 누군가가 멀리서 파편화된 자신들의 삶을 지켜보면 한 폭의 그림처럼 아름답게 다가가지 않을까 생각한다. 하지만 실제로 인형 눈알을 붙이는 부업을 하고 있는 '나'의 삶의 현실을 결코 녹록지 않다. 하루하루 생의 불안과 위험에 가까이 노출된 채 미래는 불투명하고 아이의 슬픔은 나아질 기세 없이 반복된다. 원칙상으로 누구나 인격적으로 동등하며 법적으로 평등한 민주주의 세상이라지만, 방치된 아이의 깍두기 먹는 소리를 귓전으로 흘려들으며 여전히 '나'는 최저생계를 유지하기 위해 장난감 눈알을 이어 붙여야 하는 신세다. 찢어지고 조각난 삶을 깁고 이으며 전혀 다른 계절 속에서 힘겹게 살아갈 수밖에 없는 처지에 놓여 있다. (c)

의열(義烈)하고 아름다운

박정대

낡은 흑백사진 속의 얼굴처럼 흐린 하늘, 톱밥 난로 속에서 의열의 열 소리를 내며 바알갛게 타오르는 불꽃들

터져 나오는 기침을 가라앉히기 위해 그는 가루약을 입안에 털어 넣는다

한 잔의 차를 마신다 용의 뿔처럼 흩어져 간 동지들을 생각한다

자꾸만 기침이 난다 말을 한다는 건 여전히 아름다운 걸까

눈이 내릴 듯 달무리 가득한 밤 그는 깊은 잠에 들지 못한다

구름이 운반하는 음악들 어쩌면 아침이 오기 전에 눈발로 떨어질 것이다

마음은 늘 절벽 같아서 한 발만 내딛으면 지상에서 아름답게 사라질 것이다

사라진다는 건 여전히 아름다운 걸까

눈은 밤새 아와 비아의 투쟁처럼 내려서 무장무장 쌓이는데 허공을 가로지르며 지상으로 걸어오는 눈발들, 하얗게 진군하는 푸르디푸른

불꽃의 마음들

누군가 밤새 기침을 하더니 기침은 허공으로 다 흩어져버렸나

허공으로 흩어진다는 것은 여전히 아름다운 걸까

생각을 좇아서 다다른 아침

이토록 광활한 고독과 침묵은 여전히 아름다운 걸까

내리는 눈을 바라보는 눈은 여전히 아름다운 걸까

아침의 방문을 열면 봉창을 통과한 햇살이 환하게 펼쳐진 한 장의 들판을 몰고 다시 날아오른다

오 밤새도록 내리고 다시 날아오르는 의열하고 아름다운 이것은 무엇인가

(『시인수첩』 2019년 여름호)

'의열하다'와 '아름답다'의 조합은 낯설고 무겁다. 굳세고 열렬한 상태와 아름다움 사이에는 끝없는 서사가 펼쳐진다. 과연 이 시에는 국권 상실의 시대 만주 벌판에서 활약했던 의열단의 일원이었을 듯한 화자가 등장한다. 동지들은 다 흩어지고 홀로 추운 밤을 견디는 그의 뇌리에는 동지들과 함께했던 기억과 현재의 고독이 끝없이 흐른다. 밤새 기침에 시달리며 그는 죽음의 예감에 사로잡힌다. 그 역시 동지들이 그랬던 것처럼, 용각산 아니 용의 뿔처럼 허공으로 사라질 것이다. 용의 뿔처럼 용맹했던 동지들의 투쟁, "푸르디푸른 불꽃의 마음들"과 "사라진다는 것", "흩어진다는 것"의 의미는 교차 반복되며 전개된다. 가장 열렬하게 타오르는 의지와 "광활한 고독과 침묵"은 순간처럼 맞닿아 있다. 불꽃의 마음으로 진군하다 한순간에 산화하여 허공으로 흩어져 간 동지들의 넋은 의열하고 아름답다. 밤새 "투쟁처럼 내려서 무장무장 쌓"인 눈이 아침 햇살에 환하게 날아오르는 모습이 눈부시게 아름답듯이. (a)

사랑

박 철

내 생은
남산 지하 취조실과 같았다

서명하시오
여기서 보고 들은 것은 일체 발설 않기로

내 사랑 그렇게 묻혀 가리라

(『시와문화』 2019년 가을호)

한 개인의 힘으로 어쩔 수 없을 정도로 막강한 힘을 가진 사랑의 윤리는 결코 외재적일 수 없다. 모든 원인과 이유, 기준 따위가 철저히 내재적이다. 비민주적 군사독재 시절 정권 유지를 위해 무고한 시민들을 잔인하게 고문하거나 심지어 죽이기까지 했던 남산 지하 취조실에 비유할 만큼 고통스럽고 혹독했던 내 사랑의 기억이 그렇다. 어떤 통제나 규율도 따르지 않는 자발적 마음의 운동으로서 '나'의 사랑은 그 맹목성 때문에 때로 당대 사회의 비난이나 지탄 대상이 될 수 있을지언정 나에겐 너무나 소중한 그 추억의 아름다움은 쉽게 포기할 성질의 것은 아니다. 비록 원하는 방식대로 사랑을 받으려는 마음과 그렇지만 그게 뜻대로 되지 않은 경우에 생겼던 사랑의 불일치로 치명상을 입거나 남몰래 오래 아파하고 있는 중이지만, 그때마다 절실했고 혹독했던 사랑의 감정과 광기는 살아 있는 한 그 누구에게도 양보하지 못할 '나'의 고귀한 생의 자산으로 남아 있는 게 사실이다. 그 모든 사랑의 전말에 대해 일절 발설하지 않기로 한 '나'의 결심은 이 때문이다. 싫든 좋든 '나'는 지금 그 모든 것들이 자신의 감정에 최대한 충실히 하고자 했던 결과라고 굳게 믿기에, '나'는 지금 적어도 자기 자유의 실현으로서 사랑에 관해서만은 끝까지 들키고 싶지 않은 비밀로 간직하고자 하는 것이다. (c)

애기 고양이의 마음

박형준

밤중에 보는 동물들의 눈은 슬퍼 보인다
산책로에 다리를 깔고 앉아 있는 애기 고양이
실뭉치를 뭉쳐놓은 듯
벌써부터 살아간다는 것은 한 뭉치의
실뭉치를 풀어가는 일임을 안다는 듯
가등 아래 산책로 복판에 앉아 나를 빤히 쳐다본다
낚시 도구를 실은 오토바이가 나를 앞질러
실뭉치 같기도 하고 흰 비닐봉지 같기도 한
애기 고양이가 일어나기를 기다렸다가 지나간다
밤에 낚시를 다니는 사람들은 물고기의 마음을 아는 걸까,
오토바이의 뒷모습을 바라보며 나는 생각한다
그래서 애기 고양이의 마음도 아는 것일까,
오토바이는 애기 고양이가 산책로 나무 울타리로 몸을 숨기자
그 모습을 예상하기라도 한 듯 여유 있게 멈췄다가 사라지고
누군가 매일 놓아주고 가는 먹이에 입을 대고 있다가
애기 고양이는 나무 울타리 밑에서
눈을 빠꼼히 내밀고 지나가는 나를 쳐다본다
밤중에 울지도 않으며 살아본 적도 없을 듯한 눈망울을 한 애기 고양이의
내게로 올 듯한 슬픔이
부는 바람처럼 몸에 어려온다

(『포지션』 2019년 가을호)

밤중에 보는 동물들의 눈이 유달리 슬퍼 보이도록 하는 '나'의 감정은 단지 의식적이며 이성적인 의사소통 능력 차원에서 기인하는 것이 아니다. 또한 복합적이고 총체적인 사회 상황만으로 산책로에 다리를 깔고 앉아 있는 애기 고양이의 비극적 운명에 대한 '나'의 직감이 어디서 오는지 제대로 설명하기 힘들다. 가로등 아래 산책로 복판에서 앉아 빤히 쳐다보는 애기 고양이에 대한 연민 의식은, 저도 모르게 타자의 고통이나 불안을 다름 아닌 '나의 것'으로 받아들이려는 무의식적 움직임의 하나이기 때문이다. 밤낚시 도구를 실은 오토바이가 연약하기 짝이 없는 애기 고양이가 일어나기를 기다리며 잠시 멈춰 섰다 가는 이의 마음 역시 그렇다. 어쩌면 그것은 의식적이고 사회적 교육의 산물이라기보다 자발적 마음의 운동으로서 '나'와 '오토바이' 사이와 어떤 공통성이 존재한다는 것을 보여준다. 나아가, '나'와 '오토바이' 그리고 매일 고양이 먹이를 나무 울타리 밑에 가져다주는 사람 사이엔 동일한 방식으로 느끼거나 사유할 수 있는 공감대와 소통 능력이 있다는 것을 나타낸다. 그러니까 자신들도 미처 잘 알지 못하는 우리들 마음 그 깊은 곳엔 나무 울타리 밑에서 눈을 빼꼼히 내밀고 쳐다보는 애기 고양이를 마냥 외면하고 지나가지 못하게 하는 그 무엇이 있다. 인간의 선험적 조건이자 근원적인 행동유형을 가능케 하는 그 무언가가 미구에 닥친 위험과 불행을 모른 채 천진한 눈망울 한 애기 고양이의 슬픔에 공감하며 가던 발걸음을 멈추고 뒤돌아서게 만들고 있는 것이다. (c)

밥이 끓는 동안

백무산

밥이 끓는다 현재는 끓는 밥이다
배부르지 않다 맛볼 수도 없다
뚜껑을 열어볼 수도 없다

현자들은 현재만을 살라고 하지만
현재를 살아볼 도리가 없다
지금은 끓고 있을 뿐이다

끓고 있는 지금 내가 먹는 것은
언제나 과거와 미래의 허공이다

현재는 허기다 주린 배로 사냥에 나선
피에 젖은 발톱이다
둥지로 돌아가지 못한 부러진 날개다

지금을 먹을 수 없다 죽을 지경이다
현재는 끓고 있는 창세기다

(『현대시』 2019년 9월호)

위의 작품에서 화자가 "밥이 끓는 동안"에 집중하고 있는 것은 시간 인식보다는 물질 인식이다. "밥이 끓는다 현재는 끓는 밥"이지만 "배부르지 않다 맛볼 수도 없다/뚜껑을 열어볼 수도 없다"고 토로한 데서 여실하다. 그리하여 "현자들은 현재만을 살라고 하지만" 화자는 "현재를 살아볼 도리가 없"고 "지금은 끓고 있을 뿐"이라고 말한다. "끓고 있는 지금 내가 먹는 것은/언제나 과거와 미래의 허공"뿐이라는 것이다. 이렇듯 화자의 "현재는 허기"이고, "주린 배로 사냥에 나선/피에 젖은 발톱이"며, "둥지로 돌아가지 못한 부러진 날개"이다. "지금을 먹을 수 없"어 "죽을 지경"인 것이다.

화자는 현재를 시간만이 아니라 공간을 포함시켜 인식하고 있는데, 결국 "밥"의 문제이다. 인간은 물질 조건을 해결하지 않고서는 상부구조를 이루기가 어렵다. 의식주를 해결하지 않고서는 자아실현을 이룰 수 없는 것이다. 그런데 이와 같은 진리는 지배 계층과 피지배 계층, 자본가와 노동자, 고용주와 고용인, 전문가와 비전문가 등이 사회구조 속에서 제각각 이익을 추구하고 있기 때문에 통용되기 어렵다. 대립과 갈등이 존재하고, 사회적 약자는 불리할 수밖에 없다. 따라서 "먹을 수 없"는 현재의 상황을 해결할 분배 구조의 개선이 필요한 것이다. (b)

나의 연애시

변영희

한 행도 시작하지 못하고. 체온이 오른다. 모자를 벗고. 머리를 식혀야지. 죽음이 오고 사랑이 완성되는. 전형을 깨는 연애. 뜨거워지는 격렬한 춤. 왈츠 가락에 실린 군무처럼. 손가락 발가락이 간질간질한. 연애시. 붉은 해가. 끓는 소리로. 깔깔거린다. 아직도 뭘 몰라. 멍청한 년. 연애도 없이. 연애시를 쓰겠다니. 뉘우치지 않을 연애시*란 뭘까. 골몰하다 등이 젖는다. 길어지는 그림자와 발을 묶고. 위로하듯. 달콤한 롤리팝을 빠는 시간. 가득. 고이는 침이. 더

* 김수영 산문 「나의 연애시」에서 빌려옴.

(『시에티카』 2019년 하반기)

연애다운 연애를 제대로 해본 적이 없는 '나'에게 연애 시 쓰기는 경험 부족으로 일단 고역이다. 그래서 '나'는 미처 한 행도 시작하지 못한 채 체온이 오르거나 모자를 썼다 벗기를 반복하며 안절부절못한다. 하지만 '나'에게 연애는 단순히 남녀가 서로 애틋하게 그리워하고 사랑하는 차원에 그치지 않는다. 죽음에 가까운 고통을 지불하고서야 겨우 완성되는 사랑을 의미한다. 내가 그토록 쓰고자 하는 연애 시는 필시 그런 사랑의 대가를 마땅히 치를 때 이뤄진다고 굳게 믿고 있는 중이다. 그래서 '나'는 그 길을 앞서간 선배 시인 김수영의 산문 「나의 연애시」를 떠올린다. 그러면서 곧바로 죽음 의식과 연결시켜 "죽음이 없으면 사랑이 없고 사랑이 없으면 사랑이 없으면 죽음이 없다"고 말한 그의 글귀를 새삼 되새겨본다. 일종의 자연스런 감정으로서 동물적인 자기보전의 자기애(amour de soi)나 이기적인 이성애 차원으로 벗어나 '죽음에의 선구'(하이데거)를 통해 '사랑'의 온전한 형상을 그려내겠다는 단단한 각오다. 참다운 연애 시를 통해 단지 시적 예외성을 넘어, 전혀 새롭고 다른 삶의 '전형'을 창조하고자 하는 출사표라 할 만하다. (c)

사월, 그 나무

변종태

나무에서 한 사내 걸어 나와 띄엄띄엄
꽃핀다, 죽음은 버금딸림화음으로
싱싱해진다, 서서 잠드는 전신주에 기대면
쓸쓸해, 다시 나무로 돌아가는 길을 찾을 수 있을까
있으려나, 과속방지턱을 넘을 때마다
꿈이 덜컥인다, 스위치를 찾을 수 없어
어두워, 사내의 등으로 무너지는
어둠에, 비가 내리면 젖지 않은 꿈자리가
축축해, 이름만 젖고 잎이 젖지 않는
이름을 잊은 나무에게로 걸어가다 보면
조등(弔燈)처럼 피어나는 꽃이라니
스스로의 이름을 부르지 않는 시간이
길어진다, 세월은 흘러 흘러 바다에 이르러
퇴적된다, 바다에 발을 담근 채 키가 자라는
사월은 짠맛이 난다

(『시에』 2019년 여름호)

"나무에서 한 사내 걸어 나와 띄엄띄엄/꽃"피지만 "죽음은 버금딸림화음으로/싱싱해진다"라는 구절 앞에서 마음이 무거워진다. "사월, 그 나무" 앞에서도 마찬가지이다. 그만큼 2014년 4월 16일 전남 진도군 조도면 부근 해상에서 일어난 세월호 참사는 큰 충격을 주었다. 경기도 안산시 단원고등학교 학생을 비롯해 476명의 승객을 태운 세월호가 속수무책으로 바닷속으로 침몰하는 모습을 생방송으로 지켜본 기억이 떠오르는 것이다. 그리하여 "이름만 젖고 잎이 젖지 않는/이름을 잊은 나무에게로 걸어가다 보면/조등(弔燈)처럼 피어나는 꽃"은 슬프기만 하다.

엘리엇(Thomas Stearns Eliot)이 제1차 세계대전 뒤 황폐한 유럽 문명의 붕괴와 정신적 위기감을 『황무지』의 제1부 '죽은 자의 매장'에서 "사월은 가장 잔인한 달"이라고 노래했듯이 4월은 어둡다. 그렇지만 4월은 슬프고 절망적인 것만은 아니다. 1960년 이승만 정권의 3 · 15부정선거에 항의해서 학생들과 시민들이 민주주의의 수호를 외치며 항거한 4 · 19혁명이 일어난 달이다. 1980년 4월 강원도 정선군 사북읍에 위치한 동원탄좌 사북광업소의 광부들이 저임금과 열악한 노동조건과 노동조합장의 어용에 항의하고 일어난 사북항쟁도 있다. "조등(弔燈)처럼 피어나는 꽃" 앞에서 묵념한다. (b)

저녁이라는 옷 한 벌

사윤수

저녁이라는 옷 한 벌
누구에게나 옷 한 벌이 있다
모양과 색깔이 없는 옷
눈에 보이지 않고 벗을 수 없는 옷
잘 때도 입고 자는 저녁이라는 옷
이것은 인류의 오랜 풍습인데
어느 날 누군가가 갑자기 영원히 잠들더라도
저녁이라는 옷 한 벌은 이미 늘 입고 있어서
금세 어두워지기 쉽다

밤이란,
옷이 필요 없는 곳으로 떠나는 사람들이
생(生)의 문지방에 저마다 벗어놓고 간
저녁이라는 옷들이 쌓인 현상이다
그때 슬픔이 옷더미 벽에 자꾸 머리를 찧으며 부딪쳐
이쪽이 한동안 캄캄해지는 일이다

남는 사람과 떠나는 사람 사이에 옷이 있다
옷을 건너간 사람은 다시 옷을 건너올 수 없고
옷을 붙들며 남겨진 사람은 옷을 건너갈 수 없다
불이 서둘러 옷을 태워버리기 때문이다
서로 헤어지거나 멀어질 때

손이나 발보다 옷자락을 붙잡고 우는 풍습도
그래서 생긴 것

시간의 뜨개실로 짠 옷을 입고 있는
한 사람 한 사람이 하나하나의 작은 저녁이다
이겨도 져야 하는 노을처럼
어두워지면 저녁이라는 접두사가 붙지 않는 것이 없다

(『시산맥』 2019년 가을호)

위의 작품에서 "저녁"이라는 시간을 "옷 한 벌"로 비유하고 사색한 면이 눈길을 끈다. "저녁"이란 해 질 무렵부터 밤이 오기까지의 사이에 있는 시간이므로 "누구에게나 옷 한 벌이 있다". 그 시간은 "모양과 색깔이 없는 옷/눈에 보이지 않고 벗을 수 없는 옷/잘 때도 입고 자는" "옷"이다. 화자는 "저녁"을 통해 "밤"의 의미를 사색하고 있다. "밤이란,/옷이 필요 없는 곳으로 떠나는 사람들이/생(生)의 문지방에 저마다 벗어놓고 간/저녁이라는 옷들이 쌓인 현상"이고, "그때 슬픔이 옷더미 벽에 자꾸 머리를 찧으며 부딪쳐/이쪽이 한동안 캄캄해지는 일"로 인식하는 것이다.

아침이 솟아오르는 희망을 상징한다면 저녁은 시들어가는 쇠잔함을 상징한다. 인간의 삶의 단계에서 보면 죽음을 잉태하는 시간이다. 따라서 "옷을 건너간 사람은 다시 옷을 건너올 수 없고/옷을 붙들며 남겨진 사람은 옷을 건너갈 수 없"는 운명에서 "옷"을 어떻게 입어야 하는지는 분명하다. 즐거운 옷차림, 당당한 옷차림, 품위 있는 옷차림, 역사의식 있는 옷차림, 그리고 착한 옷차림을 생각한다. (b)

오늘의 사과

서안나

내 영혼에는 풀 한 포기 없으니

오늘의 사과는 흐리고 한때 비

나는 사과의 감정 속에 앉아 있다
세상의 모든 셔츠와 모자를 쓰고

사과를 열면
계단이 없고 비상구가 없고 우산이 없다
집안싸움처럼 비가 내린다
사과는 바깥을 자주 감춘다

화요일에는 가족들과 시든 사과를 먹었다
사과를 먹으면 친절한 혈통이 된다
사과는 감정에 가까워 새벽에 잘 깨어난다

새벽에 어머니가
사과처럼 앉아 있다
몰려나온 사과의 표정
손과 발이 없는 것들은 아름답구나

문장은

누군가를 용서할 때 붉어진다

고독을 지팡이로 때리면 사과 맛이 났다

나는 나를
겨우 사랑하게 되었으므로

오늘의 사과는 흐리고 한때 비

(『시산맥』 2019년 가을호)

위의 작품의 화자는 "내 영혼에는 풀 한 포기 없으니//오늘의 사과는 흐리고 한때 비"라고 고백하고 있다. 자신의 잘못을 인정하고 용서를 비는 마음이 부족하다는 것이다. 그리하여 화자는 "사과의 감정 속에 앉아 있다". "사과를 열면/계단이 없고 비상구가 없고 우산이 없"고 "집안싸움처럼 비가 내"리는 상황에 있는 것이다. 화자는 그 속에서 지난 "화요일에는 가족들과 시든 사과를 먹었"던 일을 떠올리며 "사과를 먹으면 친절한 혈통이 된다"고 느낀다. "사과는 감정에 가까워 새벽에 잘 깨어"나는 것도 인정한다. "새벽에 어머니가/사과처럼 앉아 있"는 것이 그 모습이다. "문장은/누군가를 용서할 때 붉어진다"는 것도 인식하고 있다.

작품의 화자가 자신에게 사과하는 모습은 자기애를 추구하는 것으로 볼 수 있다. 이기적인 마음을 극복하고 자신을 사랑하는 것이다. 자신에게 사과할 때 긍정적인 마음을 가질 수 있고 주체성을 가질 수 있고 성실한 존재가 될 수 있다. 나아가 다른 사람을 끌어안고 운명에 맞설 수도 있다. 그렇지만 결함투성이의 인간 존재가 자신에게 전적으로 사과하는 일은 결코 쉽지 않다. 그리하여 화자는 "오늘의 사과는 흐리고 한때 비"라고 거듭 고백하는 것이다. (b)

하룻밤

서윤후

이혼한 아버지는 개밥 주는 일을 잊어서 만난 지 십오 분 만에 돌아가야겠다고 말했다 나중에 먹으려고 불판 가장자리에 굽던 갈비뼈만 물끄러미 바라보았다 우리는 차를 타고 너무 먼 곳에 와 있었다 아버지가 친구와 통화할 적에 자신이 고향에 온 것을 비밀로 해달라고 말했다 엉망이 된 자들이 모두 돌아오는 고향, 그곳은 내가 태어났으나 엿듣기만 한 곳이었다 기억 한 줌 없이 아프게 된 창밖 풍경을 바라볼 뿐이었다 그러다가 몇 번 내릴 곳을 놓치고는 원하지 않는 곳에서 차가 멈춰 섰다 무거운 가방을 메고 기차역까지 걸어가 승강장에 가만히 앉아 있었다 앉아만 있어도 길어지는 벤치였다 문단속 된 가방의 지퍼만 열었다 닫았다 반복했다 챙겨온 것이 너무나도 많은 작은 가방에서 당장 꺼낼 수 있는 것이 없었다 물방울 맺힌 세면도구를 보며 눈동자를 씻을 때, 도착할 때쯤엔 잘 도착했냐는 연락이 올 것이다 잘 지낼 무렵이면 잘 지내냐는 연락이 올 것이다 여름은 매번 지독한 얼굴을 애써 감추지 않았다 저녁에는 쌀쌀해질 것 같아서 챙겨온 외투를 꺼내어 허리춤에 질끈 묶었다 순간이 영원하다는 말을 잠깐 이해할 뻔했다 빗발치는 햇빛과 더는 응답할 수 없는 피부 그 사이의 시간은 가렵기만 했다 땀에 찬 손목시계를 애써 비틀며, 철도 위로 들어선 열차를 보았다 구름은 사람들의 손부채질 속에서 날개를 찾아다녔다 막 구겨지기 시작한 차표를 건네고 기차에 올라탈 때 승무원이 내 가방을 붙들고는 놓아주지 않았다 애야, 이건 내일 출발하는 기차표란다…… 하룻밤 공기를 다 들이마신 것처럼 숨이 잘 쉬어지지 않았다

(『창작과비평』 2019년 봄호)

고향이란 무엇인가? 이 시에 의하면 "엉망이 된 자들이 모두 돌아오는" 곳이다. 금의환향(錦衣還鄕)은 옛말일 뿐이다. 고향은 실패한 인생들이 조용히 돌아와 비밀스럽게 지내는 곳이 되어버렸다. 정겹고 따스한 고향의 이미지는 전혀 없고 슬프고 쓸쓸한 느낌만이 계속된다. 자신이 태어났으나 얘기만 들었던 고향, 지금은 이혼한 아버지가 조용히 살고 있는 고향에 찾아간 화자는 아버지와 짧고 어색한 만남 끝에 그곳을 떠나오게 된다. 하룻밤 묵으려고 챙겨간 무거운 가방이 무색하게 되었다. 되돌아오는 차표는 "내일 출발하는" 것이다. 단 하룻밤도 묵을 수 없는 고향의 황막한 상황이 가슴 아프게 그려진다. 결국 그에게 고향은 "기억 한 줌 없이 아프게 된 창밖 풍경"으로 남게 되었다. (a)

파고다

서효인

그는 대여섯 걸음을 크게 걷더니 외쳤다
여기가 시인의 생가가 분명합니다!
서울시의 족보 없는 도시 계획과 철학 없는 문화 정책으로
지금은 중국어학원 자리가 되어버렸지만
중국어학원은 원래 영어학원이었다
영어 학습은 인터넷 강의로 대체되었고
일부 유지되던 일본어 수업은 최근 폐강되었다
연구에 따르면 시인의 생가는 학원 뒷문에 붙은 골목이라는 데 지긋지긋한 모국어를 떨구지 못한 청년들이 침묵을 유지한 채 담배를 태우는 곳이었다고 한다
그는 대여섯 걸음을 걸어 원래의 자리로 돌아와 외쳤다
그러니까 여기는 시인의 생가가 아닌 게지요!
직장인 몇이 그의 어깨를 피해 뒷골목으로 향했다
평일 점심시간이었던 것이다
생가라면 어느 날은 국수도 삶고 또 어떤 날은 고기반찬에 흰쌀밥을 먹기도 하고 또한 더 많은 날 기억되지 않을 끼니들이 시인의 생을 뒷받침했겠지, 시인이니까 시를 쓰라고
배가 고플 만도 한데 그는 학원의 뒷문과
오른쪽 모퉁이를 번갈아 걸으며 수업을 방해했다
시끄러운 현대사를 아랑곳없이 통과하며 시를 쓴 시인처럼
청년들은 주변의 어지러운 환경을 탓하지 않고 묵묵히

외국어를 익힌다 거개 실패하고 일부 성공한다
마치 시인처럼
나도 시인의 생가 자리에 가까이 다가가
그의 말을 좀 더 경청했다
성조를 익히는 초급반이 된 것처럼
거기의 오랜 주인인 비둘기의 몸짓을
따라 했다 고개를 끄덕거리며
시인의 유지를 쪼아 먹었다

(『시인동네』 2019년 11월호)

위의 작품의 화자는 "파고다" 근처가 생가인 시인을 소개하는 해설사(?)의 말을 경청하고 있다. 해설사는 "대여섯 걸음을 크게 건더니 외쳤다/여기가 시인의 생가가 분명합니다!"라고. "서울시의 족보 없는 도시 계획과 철학 없는 문화 정책으로/지금은 중국어학원 자리가 되어버"린 곳을 시인의 생가라고 소개하는 것이다. 그러면서 그는 "그러니까 여기는 시인의 생가가 아닌 게지요!"라고 말한다. "생가라면 어느 날은 국수도 삶고 또 어떤 날은 고기반찬에 흰쌀밥을 먹기도 하고 또한 더 많은 날 기억되지 않을 끼니들이 시인의 생을 뒷받침했"을 텐데 지금은 "중국어학원 자리"로 변했기 때문에 시인의 생가로 볼 수 없다는 것이다. 그만큼 해설사는 시인의 생가를 중요하게 생각하고 있다. 그렇지만 해설사의 열성적인 소개에도 불구하고 "직장인"들은 점심식사를 하러 "그의 어깨를 피해 뒷골목으로 향"한다. 또한 그의 방해에도 불구하고 "청년들은 주변의 어지러운 환경을 탓하지 않고 묵묵히/외국어를 익"히고 있다.

자본주의 시장이 여실한 "파고다"에서 시인의 생가를 찾는 일은 의미하는 바가 크다. 시인이 추구하는 상상력, 미학, 주체성, 성찰, 비판 등이 자본주의 시장에서 상품화되기 어려울 뿐만 아니라 자본주의 체제의 기득권자들에게 손해를 끼치기 때문이다. 작품의 화자는 해설사의 "말을 좀 더 경청"한다. 마치 "성조를 익히는 초급반이 된 것처럼/거기의 오랜 주인인 비둘기의 몸짓을/따라" "시인의 유지를 쪼아 먹"는 것이다. 화자는 시인이 추구한 가치를 그지없이 소중한 인간 가치로 수용하는 것이다. (b)

눈사람 모양의 행성

성윤석

어떤 물체의 끝 곡선들이 천천히
한 행성을 갖게 되고
그것을 우리가 지나칠 때

오랜 세월이 지나서야 생각할 수 있는 일이
떠오른다

눈사람은 그때 그렇게 다가왔을 뿐
희지도 모양도 아니었는데

성간먼지들 틈으로 주위를 떠도는

뉴호라이존스호를 얘기하는

사람들의 머리 위로 영원히 지지 않는

꽃 같은 눈사람 하나가 지나갔다

옛일 그때의 사람처럼

행성은 눈사람으로 서 있고
눈사람은 행성으로 떠돈다

(『사이펀』 2019년 겨울호)

작년 1월 초 얼마 전 미국항공우주국(NASA) 탐사선 '뉴호라이존스호'는 태양의 온기가 미치지 못하는 얼음세계인 태양계 끝에 거대한 눈사람의 모양의 '울티마 툴레(Ultima Thule)'를 촬영한 사진을 인류에게 전송해온 바 있다. 태양을 둘러싼 먼지와 가스구름 원반에서 울티마와 툴레가 만들어지고 서로 중력에 의해 서서히 맞닿은 뒤 완전히 붙어 하나의 천체가 된 눈사람 모양의 사진이다. 그리고 이는 45억 년 전 형성된 이래 거의 변하지 않아 울티마 툴레가 지구를 비롯한 태양계 행성의 형성 과정을 규명하는 데 도움이 될 거라는 소식을 담고 있다. 하지만 시인의 관심은 결코 그런 과학적인 사실이나 그에 대한 기대감이나 호기심이 아니다. 그 행성의 사진을 보는 순간 전혀 엉뚱하게도 내내 잊지 못한 채 여전히 생생하게 기억하고 있는, 꽃처럼 아름다운 어떤 사람의 이미지다. 따라서 눈사람 모양의 행성은 시인에게 우주의 물질적 생성 과정을 밝혀주는 과거적 근거만이 아니다. 인류를 태양계의 비밀과 그 탄생 시점으로 데려가 줄 행성의 하나이면서 또한 전 인류의 원초적 체험을 가능하게 해주는 그 어떤 신성한 존재다. 그러니까 시인에게 눈사람과 행성 사이의 끝없는 생성과 소멸은 단지 우주의 무한순환을 나타내는 것이 아니다. '우리'를 끊임없이 근본으로 돌아서게 만드는 그 어떤 원초적 그리움을 의미한다. 어쩌면 시인에게 시의 숙명이자 시의 존재의의를 상징하며 여전히 차가운 우주 공간을 떠돌고 있는 게 그 눈사람 모양의 행성일 지도 모른다. (c)

나의 죽음을 알립니다

성향숙

스밀 몸 없이
지상의 모든 노을처럼 붉은 편재입니다

산산이 부서지는 몸으로도 놀라지 않는 경이를 목격합니다

슬프다고 비로소 말할 자신이 생겼습니다

공원의 오후 텅 빈 벤치엔
다른 사람이 앉아 멍하니 울음을 숨겨도 어색하지 않습니다

안전한 은신처야, 속삭이니 흐르던 눈물도 멈췄습니다

훗날 당신이 곡명도 모르는 노래를 흥얼거릴 땐
내가 잘 있다는 증거입니다

하여 눈꽃이 난분분 흩날리고
보는 듯 안 보는 듯 바람은 무심히 다녀가는 발자국입니다

느닷없이 새가 날아와 머리 위에서 노래한다면
보고 싶다는 전언입니다

어쩌면 한 줌의 형식도 허락하지 않을 것입니다

공간이 나를 버릴 차례입니다

(『시산맥』 2019년 여름호)

"태어나자마자 늙어 있다"는 하이데거의 말대로 유한한 존재로서 우리는 모두 예외 없이 '죽음을 산다'. 매우 엄밀한 의미에서 지상에 존재하는 모든 생명체는 매일 조금씩 죽어가고 있다. 그토록 두려워하며 좀처럼 대면하길 꺼리지만, 슬프게도 우리들 주변에 너무도 가까이 편재하는 것이 죽음이다. 하지만 만약 바로 그런 죽음에 대한 근원적인 공포감이 없다면, 우린 비록 제 몸이 산산이 부서져가는 고통 속에서도 생의 '경이'를 느낄 수 있다. 우리가 죽음을 자연스런 생의 과정으로 받아들일 수만 있다면, 억누를 수 없는 슬픔조차 불가피한 생의 진행 과정의 하나로 여길 수 있다. 그러면서 오후 공원을 은신처로 삼은 채 울음을 숨기거나 눈물을 멈추는 누군가를 애써 담담히 바라볼 수 있다. 그러니까 당신이 곡명도 모르는 노래는 부를 때 내가 잘 있다는 것은 다른 것을 의미하지 않는다. 기꺼이 죽음을 받아들임으로써 곧 미래에 대한 불안이나 공포 없이 지금 여기에서 편안하게 살아간다는 것을 의미한다. 특히 느닷없이 새가 머리 위로 날아와 노래한다면 누군가 저를 그리워한다는 전언이라는 것은, 삶과 죽음이 하나인 '영원한 지금'에는 어떤 경계나 내일도 없는 것과 관련되어 있다. 어쩌면 "한 줌의 형식도 허락하지 않"는, 서로 분리할 수 없는 통일성을 이루고 있다고 느낄 때 우린 비로소 삶과 죽음의 공포에서 벗어나 자신의 죽음을 세상을 향해 당당히 알릴 수 있는 용기를 낼 수 있다. 그때서야 우린 오직 "눈꽃이 난분분 흩날리"는 속에서 결국 우리 모두가 바람처럼 다녀간 흔적을 남길 뿐이라고 마지못해 고개를 끄덕일 수도 있을 것이다. (c)

통영 트렁크

손순미

여관방 문을 여는데 수국이다 간밤 기억 속 탕탕 총성이 저렇게 부풀려진 꽃으로 태어날 수 있다면, 나는 총잡이가 되었을 것이다 올망졸망 비좁은 화단에 엉덩이를 까고 앉은 수국에게 누가 저 분홍을 바쳤나 누가 잉크를 쏟아부었나 여름의 입구에 쪼그리고 앉은 수국은 저 혼자 두근두근

어데로 갈까예? 저, 아무 데나 만 원어치만 달려주세요. 택시는 한 마리 생선처럼 헤엄쳐서 대교 근처 여관 앞에다 트렁크를 내던져버린다 다리 아래를 내려다보면 뛰어내리라 뛰어내리라 악마의 농담, 그때 검은 트렁크는 서른 부근

어디에도 은신처란 없는 것이다 어디를 떠나와도 마음이 따라다니니. 소주 몇 잔에도 뱃고동 소리 간간하다 수국이 혼자 젖는다 아무래도 저 수국의 머리는 무게의 천형을 받았구나 나도 쪼그리고 앉았는데 어쩌나 내 머리에도 천 개의 수국이 무겁게 피었어

어디로 가야 할까 저항이든 혁명이든 이 순간을 건너가 보자 한철 아름다움의 명을 받아 무게의 천형을 머리에 이고 가는 저 수국처럼 나는 내가 가진 생의 무게를 건너가야 하리

뽀글뽀글 수국 파마를 한 여자가 여관 방문을 활짝 열어놓고 소주를 마시고 있다 검은 트렁크는 열려 있다

(『시인동네』 2019년 10월호)

트렁크 하나 들고 통영쯤 낯선 곳으로 혼자 떠난 여자에게 가장 먼저 다가오는 것은 무엇일까? 그녀가 여관방 문을 열자 수국이 "비좁은 화단에 엉덩이를 까고 앉"았다 화들짝 놀란다. 그녀도 "뽀글뽀글 수국 파마"를 하고 있으니, 거울을 마주한 듯 비슷한 모습이다. 정처 없이 낯선 곳을 헤매는 여자의 머리나 수국의 머리 모두 "무게의 천형"을 받아 버거운 생을 힘겹게 건너는 중이다. 뱃고동 소리를 배경음으로 소주를 기울이는 여자는 "저항이든 혁명이든 이 순간을 건너가 보자"고 다짐한다. 몸에 비해 머리가 무거운 여자에게 생은 힘겨운 싸움이 될 것이다. 여관 방문을 활짝 열어놓고, 검은 트렁크가 열린 채 소주를 마시고 있는 여자는 수국처럼 "혼자 젖는다".

흔히 시골집의 마당 가나 절간에 소담하게 피어 있는 수국이 이 시에서는 여관집 화단에서 뛰어난 신스틸러가 되고 있다. 검은 트렁크 하나 들고 여관방에 들어 소주잔을 기울이는 여주인공의 기막힌 짝패가 되어준다. 수국이 뽀글뽀글한 파마 머리를 한 여자 같다는 재미있는 발상을 중심 모티프로 십분 활용해내고 있다. (a)

구름 그림자 살갗을 스칠 때

손택수

아프리카 어느 부족 여인들은 지하수가 흐르는 땅의 나무 그늘엔 실례를 하지 않는다고 하지
지하수를 감지한 나무 그늘은 지하수가 없는 땅의 그늘과는 그 빛깔부터가 달라서
아무리 급해도 물이 오염되면 쓰나
멀찌감치 떨어져 일을 본다지
그것 참, 내 눈엔 똑같아 보이는 그늘도 그 농도부터가 다르다니
땅의 체질에 따라 저마다 다른 뉘앙스를 갖고 있다니
나뭇잎 그늘 한 장에서 수십 미터 지하의 물기를 감지할 줄 아는 눈을 갖기 위해서
초원은 얼마나 바짝 목이 탔을 것인가
타들어가는 몸속의 물방울 하나까지 붙들고 푸르게 타올랐을 것인가
머물던 구름 그림자가 내 살갗을 떠날 때,
살갗 아래 흐르는 물방울이 스치는 그림자를 놓아주며 물끄러미 글썽일 때

나는 생각한다, 내 안색만 보고도
그 깊은 곳 물소리를 들을 줄 알았던 한 사람을

(『시와반시』 2019년 봄호)

에스키모들이 '눈'을 가리키는 말은 적어도 네 개 이상이라고 한다. 하늘에서 내려오고 있는 눈, 땅에 내려앉은 눈, 바람에 이리저리 휘날리는 눈, 바람에 휘날려 무더기로 쌓여 있는 눈 등이 제각각 다른 의미로 파악되어 다른 단어로 쓰인다는 것이다. 눈이 결정적인 환경을 이루는 에스키모에게 그것이 얼마나 세밀하게 구분되고 중요하게 작용하는지를 짐작해볼 수 있다. 마찬가지로 '물'이 결정적인 생존의 요건이 되는 아프리카에서는 그것에 대한 특별한 감지력이 작동하는가 보다. 아프리카에서 물은 너무 많아서가 아니라 너무 부족하기 때문에 각별한 감각을 촉발한다. 물이 귀한 어느 부족의 여인들은 아무리 급해도 지하수가 흐르는 땅의 나무 그늘은 피할 줄 안다고 하니, 물길에 관한 한 대단히 예리한 감각을 지닌 것이 분명하다. 나뭇잎 한 장을 보고도 수십 미터 지하를 흐르는 물길을 감지한다니, 얼마나 간절한 욕구를 지녔기에 그토록 민감하게 반응하게 된 것일지 가늠하기 힘들다.

아프리카 초원의 여인들에게 내재해 있는 물에 대한 비상한 감각을 거론하던 끝에 '나'는 문득 특별한 '한 사람'을 떠올린다. "내 안색만 보고도/그 깊은 곳 물소리를 들을 줄 알던 한 사람을". 나뭇잎 한 장만 보고도 깊은 지하의 물길을 읽어내는 여인들처럼, '나'의 안색만 보고도 모든 것을 읽어낼 줄 알았던 그 사람의 애타는 마음이 새삼스럽게 사무쳐온다. (a)

하동

신동옥

하동 가려나, 내 삶은
소년이 없다 그이는
비둘기호 타고 달아났다 동쪽으로
진주까지만 가자 싶어 처음 건넌 강은

별이 똥을 누러 온다는 옛말 은빛
모래 아래 재첩이 여물고 송홧가룬 멀리
고성 통영을 넘어간다는 뜬소문
그 밤을 거기, 혼자 저물도록

눈 감았다 이제도록 눈앞에 펼쳐진 모든 것들이
물빛 너머로 흩어질 때까지 비워둔 자리마다
가시 돋친, 솔잎은 바람을 많이 들여서
둥치마다 억척스레 감아 오르는 덩굴손

학교 같은 건 때려치자 강 따라 트럭을 몰며
티브이 세탁기를 등짐으로 져 나르기 한 해
모래는 깊었다, 스물다섯 초봄
엘지 오백 리터 냉장고를 들쳐 메고
조각배에 옮겨 싣고 견인줄을 잡아끌며

걸어온 길을 되짚어 건넜다

강 끝은 절벽이더군, 너머로는 옥룡 다압 옥곡
별천지처럼 물길 하나를 사이에 두고 뻗어가는
널따랗고 탐스런 이파리 활엽교목들

바람 한 점 없는 가지를 매화꽃 날리던
서른셋, 봄 가고 남김없이 져버려라 영영
어두워지기를 기다려 남은 해 다하도록
벼리고 또 벼리던 빛살은 모래 알갱이 사이사이

뒤채듯 자듯
물이랑을 바늘로 찍어 누르는
달빛 점묘, 모래는 새하얗게 달아올라
이제도록

벚굴이 살찌고 은어가 돌아온다는
하동, 가려나.

(『현대시』 2019년 6월호)

하동(河東)은 섬진강의 동쪽에 자리한 지역으로 더 동쪽으로는 진주, 남쪽으로는 고성, 통영과 연결된다. 지리산 자락과 섬진강을 끼고 있는 빼어난 산수의 고장이다. 그러나 이 시에서 하동은 척박한 삶의 배경으로 자리 잡고 있다. 이 시의 화자는 "소년이 없다"고 할 정도로 조숙해야 했고, "학교 같은 건 때려치"고 등짐을 지며 일한다. "강 끝은 절벽"이고 그 너머로는 "옥룡 다압 옥곡" 같은 낯선 지명들이 이어진다. 이런 '절경' 속의 삶은 '절벽' 같아서 서른셋 즈음에는 "영영/어두워지기를" 기다릴 정도로 절망스럽기도 했으리라.

하동, "별이 똥을 누러 온다는 옛말", 은빛 모래와 달빛 점묘, 새하얀 모래로 빛나는 이곳의 아름다운 풍경과 캄캄한 절벽 같았던 청춘의 기억이 예리하게 충돌하며 서늘한 아픔을 드러낸다. 하동을 그린 이처럼 아름다운 시가 또 있을까? 부드럽게 흘러가며 이따금씩 가시처럼 거슬리는 절묘한 리듬은 삶의 곡절을 구성지게 풀어낸다. (a)

가족

신미균

그의 그림자 속에
아들 그림자가 쏙 들어간다
아들 그림자 속에
내 그림자가 쏙 들어간다
그의 그림자 속에
내 그림자와
아들 그림자가 쏙, 쏙 들어간다

아들 그림자 속에
그의 그림자가 쏙 들어간다
내 그림자 속에
아들 그림자가 쏙 들어간다
아들 그림자 속에
그의 그림자와 내 그림자가
쏙, 쏙 들어간다

누가 누구 속에 들어가 있든
그림자는 하나다

(『시와 산문』 2019년 여름호)

위의 작품에 등장하는 인물들은 "그의 그림자 속에/아들 그림자가 쏙 들어"가고, "아들 그림자 속에/내 그림자가 쏙 들어"가는 데서 보듯이 세 사람이다. 또한 "그의 그림자 속에/내 그림자와/아들 그림자가 쏙, 쏙 들어"가는 데서 보듯이 남편을 중심으로 한 가족관계를 형성하고 있다. 그렇다고 가부장제로 영위되는 것은 아니다. "아들 그림자 속에/그의 그림자가 쏙 들어"가고, "내 그림자 속에/아들 그림자가 쏙 들어"가고, "아들 그림자 속에/그의 그림자와 내 그림자가/쏙, 쏙 들어"가는 데서 볼 수 있듯이 대등한 관계를 유지하고 있는 것이다.

가족이란 말을 들었을 때 무슨 생각이 드는가라는 질문에 '같은 피로 맺어진 사람들의 모임'이라고 대답한 한국 사람들의 경우가 다른 나라 사람들보다 많다(한국 48.8%, 미국 9.4%, 일본 34.3%). 그렇지만 이와 같은 한국의 가족 관계는 혼자 생계를 책임지는 1인 가구가 증가하고, 미혼 및 이혼이 높아지고, 독거노인이 늘어나고 있기 때문에 점점 와해되고 있다. 배우자가 있는 가족도 직장 문제나 자녀 교육 문제로 주말 부부 내지 기러기 가족으로 살아가는 경우가 늘어나면서 원만한 가족관계를 이루기가 힘들다. 노동 시장의 불안과 장시간 노동도 친밀한 가족관계의 형성을 가로막고 있다.[1] 따라서 "누가 누구 속에 들어가 있든/그림자는 하나"인 가족 공동체는 의미가 크다. (b)

---

1) 맹문재, 「가족애의 시학」, 『마지막 버스에서』(허윤설 시집), 푸른사상, 2019, 120~121쪽.

속초

신용목

음악을 물에 담그면 물고기 같을까? 이 방이 물에 잠겨 있다면 가스불은 산호초 같겠지. 무수한 순간이 지나간다고 해서 무수한 인사가 필요한 것은 아니다.

하나의 푸른 침묵.

바다.

돌아와

동전과 담배와 해변을 꺼내놓은 그가

꽁꽁 얼어붙은 냉장고를 북극으로 가리키며

이건 만 년 전의 어항이야. 흰 서리 낀 얼음 한 알을 입속에 넣어준다.

어떤 음악은 멈춰 있다.

물수제비처럼 하늘을 지나가는 새들

다리가 보이지 않는다.

펼치면 물살을 가진 책.

자갈을 삶은 날의 공기.

검은 스피커처럼 물속은 켜져 있다.

올려다보면, 여태 물수제비 파장으로 스러지는 해가 남은 말로 흔드는 수면. 저 문을

열 수 있을까? 깊이 숨을 들이마신 뒤

하필이면 빨갛게 생선찌개를 끓였다. 노을이 아름다운 날. 노을 속에서 조용히 녹고 있는 것들을 생각한다. 바다를. 호수를. 수돗가 세숫대야에 물고기처럼 일렁이던 저녁을. 아버지가 누이를 업고 달려갈 때 발에 차이던 세숫대야
흙바닥에 엎질러지던 밤을.

이제 본다.

그가 모든 이야기를 하나하나 얼굴로 가져가서는
문득,
밤은 누군가 바다의 문을 열어젖힌 시간이라는 것.
둘러앉아 밥을 먹다가
문 너머 서서히 어두워지는 골목까지 걸어온 심해를 찬바람으로 맞이하는 시간이라는 것.
말할 때,

밤을 동굴로 만드는 불빛 너머
거기 있다.

음악을 들려주기 위해 물고기를 늘어놓은 빨랫줄. 끝나지 않는 수평선.
왜 맨발이야? 달려가면 점점 더 멀어져서 끝내 건을 수 없는 푸른 천.

(『포지션』 2019년 여름호)

동해를 좋아한다면 아마도 바다색 때문일 것이다. 그랑 블루. 끝없이 펼쳐진 짙고 푸른색의 압도적인 느낌. 이 시에는 속초 바다를 그린 아름답고 독특한 이미지들이 넘치고 있다. "음악을 물에 담그면 물고기 같을까? 이 방이 물에 잠겨 있다면 가스불은 산호초 같겠지.", "물수제비처럼 하늘을 지나가는 새들", "검은 스피커처럼 물속은 켜져 있다" 등 참신하고 감각적인 이미지들만으로도 속초 바다의 느낌이 풍부하게 살아난다. 그런데 이 시는 바다의 이미지에 이야기를 덧씌운다. "푸른 침묵"처럼 무겁게 닫혀 있는 바다의 수면을 이야기의 입구로 삼는다. 시의 중반쯤에서 여태까지의 푸른 색조는 갑자기 붉은색으로 바뀐다. 노을이 아름다운 날 빨갛게 생선찌개를 끓이던 중에 아버지가 누이를 업고 다급하게 달려가던 기억이 틈입한 것이다. 아마도 그날 밤은 동굴처럼 어두운 기억이 자리 잡은 시간이었을 것이다. 속초 바다처럼 검푸른 심해가 문을 열어젖힌 시간이었을 것이다. 아버지가 누이를 업고 맨발로 뛰어 들어간 그 문 너머로는 "끝내 걷을 수 없는 푸른 천"이 펼쳐져 있다. "푸른 침묵" 같은 속초 바다는 육중한 기억의 문을 열고 오래 묻어두었던 상처를 떠올리게 한다. 아름다움과 슬픔의 조화는 이런 것일까? (a)

나는 나쁜 인간이 좋다

신 진

살아오는 동안 서너 분의 유명 정치인을 만났다. 생장 환경 다르고 정치 노선 각기 다른 분들. 공통점이 있다면 세 분 모두 아주 착하다는 것. 모든 이를 사랑하고 모든 입장 이해한다. 만나본 사람 누구나 "만나기 전엔 몰랐어 이다지 착한 분이신 줄," 할 정도

그런데 세상에서 착한 정치는 구경조차 어려우니 어찌 된 일일까? 그들은 누구 말을 듣고 매일같이 개밥그릇 싸움이나 한단 말인가?

그 외 높은 분도 더러 만났다 검경(檢警), 언론, 행정의. 온종일 미소 달고 다니시는 분, 까닭 없이 삐쳐 계시는 분, 바쁜 와중에도 친절하신 분, 모습은 각기 달라도 소신은 하나, 법률, 규정, 지침, 정의에 한 발도 벗어나지 않으신다.

그런데 세상에는 법률, 지침, 정의에 의해 안 될 일이 되고, 되어야 할 일 안 되는 일 많고 많으니 이 어찌된 일일까. 법이고 정의고 그때그때 붙였다 뗐다 하는 애완견 리본쯤 되는가 보다.

나는 나쁜 인간이 좋다. 교양 없이 의리 없이 박치기 일삼는 정치가, 법률 규정 지침 관례 쓰레기통에 처박는 불량 관리, 엄정보도, 정의사회, 액자 집어던지고 재채기나 제대로 하는 언론인, 고상한 문화예술은커녕 내 속셈부터 까놓는 주정뱅이

정치 경제 행정이고 언론이고 나발이고 눈치 없이 손나발 불며 소리 지르는, 언제 튈지 어디로 튈지 규정도 지침도 맞갋지 못할 더런 인간이 나는 좋다.

(『창작21』 2019년 여름호)

위의 작품의 화자가 "나는 나쁜 인간이 좋다"라고 다소 역설적인 의사를 표명한 것은 소위 좋은 인간으로부터 많이 실망했기 때문이다. 화자는 그 예로 "살아오는 동안 서너 분의 유명 정치인을 만났"던 사실을 소개하고 있다. "생장 환경 다르고 정치 노선 각기 다른 분들"이었는데, "공통점이 있다면 세 분 모두 아주 착하다는 것"이었다. "그런데 세상에서 착한 정치는 구경조차 어려우니 어찌 된 일일까?"라고 화자는 묻는다. "그들은 누구 말을 듣고 매일같이 개밥그릇 싸움이나 한단 말인가?"라고 실망하는 것이다. 화자는 "그 외 높은 분도 더러 만났"지만, 마찬가지로 "세상에는 법률, 지침, 정의에 의해 안 될 일이 되고, 되어야 할 일 안 되는 일 많"은 것을 보고 실망한다. 그리하여 "나는 나쁜 인간이 좋다"고 외친다. "교양 없이 의리 없이 박치기 일삼는 정치가"를 비롯해 "고상한 문화예술은커녕 내 속셈부터 까놓는 주정뱅이"가 좋다는 것이다.

실제로 인간 세계에는 옷의 겉감인 표(表)와 안감인 리(裏)가 다르듯 말과 행동이 같지 않은 표리부동(表裏不同)한 사람들이 많다. 그리하여 공자는 일찍이 『논어』에서 "교묘한 말과 보기 좋게 꾸민 얼굴을 하는 사람치고 착한 사람은 드물다"(巧言令色鮮矣仁)라고 경계했다. 따라서 작품의 화자가 "나는 나쁜 인간이 좋다"고 단언한 것은 새겨들을 필요가 있다. 허위는 복잡하지만 진실은 단순한 것이다. (b)

비눗방울 하우스

심재휘

광대 분장을 한 사내가 박물관 앞 광장에서
두 팔을 휘저으니 큰 비눗방울이 생긴다
아이들은 제 키만 한 방울 속으로 들어가려고
뛰어다닌다 물로 부푼 집을 만져보려다 이내
비눗물을 뒤집어써도 미끌거리며 깔깔거린다

나도 저런 얇다란 잠 속에 한 몸 들어가
꿈을 꾼 적이 있었던 것 같고
어룽거리는 바깥을 내다보며 웃다가 깨어
어둠 속에 오래 앉은 적도 있는 것 같다

박물관 문은 닫히고 그 사내가
바닥에 깔아놓은 비닐 장판을 걸레로 훔치면
아이들이 사라진 저녁이 온다
분장을 지운 사내는 가방을 든 하루를 메고
제가 만든 비눗방울 속으로 걸어 들어간다
유물이 되지 못한 그의 하루는 터져서
길바닥에 흥건해도 방울 속 뒷모습은 멀어지며
무지갯빛이다 그는 비눗방울 속에서 오늘도
터지지 않는 꿈을 꾸리라
제발 그러리라

(『시작』 2019년 가을호)

박물관 앞 광장에서 비눗방울 공연을 하는 사내가 있다. 광대 분장을 하고 과장되게 두 팔을 휘저어 커다란 비눗방울을 만든다. 자그마한 아이들이 아롱거리는 비눗방울 집 속으로 뛰어든다. 비눗방울이 터져 미끌거려도 아이들은 마냥 즐겁다. 아이들에게 비눗방울 속은 신기하고 즐거운 꿈같은 집일 것이다. 아이들이 신나게 노는 모습을 보며 '나'는 "저런 얇다란 잠 속"에 들어가 꿈꾼 적이 있었던 것 같다는 기억을 떠올린다. 꿈속에서 바깥을 보다가 웃다가 깨어 어둠 속에 앉아 있는 장면은 꿈과 현실, 어린 시절과 현재의 시간을 절묘하게 배치하고 있다. 마지막 연에서는 공연이 끝난 이후의 시간이 그려진다. 박물관 문이 닫히자 사내는 공연을 멈추고 아이들은 사라진다. 분장을 지우고 가방을 든 사내가 "제가 만든 비눗방울 속으로 걸어 들어간다". 그의 하루는, 그의 삶은 비눗방울처럼 허망하게 터져서 길바닥에 흥건할 것이다. "그는 비눗방울 속에서 오늘도/터지지 않는 꿈을 꾸리라/제발 그러리라"는 '나'의 간절한 바람은 무지갯빛 꿈을 꾸다 깨어 오랜 어둠을 마주해본 모든 어른의 희망을 투사한 것이리라. ⒜

동굴 혹은 여자

안명옥

동굴이 있다
주저앉아버릴 것 같아도 짱짱하다
그녀 깊은 곳에선 고요히 물이 흐르고
배를 타고 들어가도 그녀를 다 읽을 수는 없다

앞날이 캄캄할 때마다
서늘해지는 심장
세상은 잘도 돌아가고 있는데
점점 더 많은 것을 포기해야 산다

누군가 적막을 깨면 그녀는 아프다
견디는 것을 가장 잘한다
불안의 종유석이 자신을 찌르는데도
빽빽한 어둠을 아늑하게 품고 산다

새들은 동굴에서 날 수 있는 능력을 잃었지만
어떤 놈은 동굴을 먹고 사는 법을 터득하기도 하지
가령, 빛으로 먹이를 유인해 잡아먹고 사는 벌레
동공이 커지고 있는 시간에

그것이 무엇이든 지극하게 사랑했다면
잘 산 거라고

눈동자가 폐광처럼 깊고
밤하늘의 별처럼 빛나는

(『시인동네』 2019년 6월호)

위의 작품에 등장하는 "동굴 혹은 여자"는 "주저앉아버릴 것 같아도 짱짱하다". "세상은 잘도 돌아가고 있는데/점점 더 많은 것을 포기해야" 살아갈 수 있고, "누군가 적막을 깨면" 아프지만, "견디는 것을 가장 잘"하는 것이다. 그리하여 "불안의 종유석이 자신을 찌르는데도/빽빽한 어둠을 아늑하게 품고" 살아가고 있다. "새들은 동굴에서 날 수 있는 능력을 잃었지만/어떤 놈은 동굴을 먹고 사는 법을 터득"했듯이 그녀는 견디어내고 있는 것이다.

작품의 화자는 "그녀"를 "동굴 혹은 여자"라고 부르고 있다. 그녀가 동굴이거나 여자라는 의미로 읽히지만, 동굴 같은 여자로도 읽힌다. 그녀의 삶은 햇볕이 들지 않는 동굴만큼 어렵고 힘들다. 그렇지만 동굴은 위기의 상황을 이겨낼 수 있는 은신처를 상징하기도 한다. 죽음을 극복하고 새로운 탄생을 이룰 수 있는 장소이기도 한 것이다. 그와 같은 모습은 그녀의 "눈동자가 폐광처럼 깊"지만 "밤하늘의 별처럼 빛"나는 것에서 볼 수 있다. (b)

십오 분

안준철

병원 갈 날이 되어
동네 앞 버스정류장에서
십오 분 뒤에 올 버스를 기다리는
중늙은 사내

문득,
십오 분의 기다림이
맞춤하다는 생각이

우두커니 앉아 있어도 좋을
십오 분

가을햇살이 조금 따가웠으므로
은행나무가 만들어놓은
그늘 속으로
들어가 있어도 좋을

십오 분

버스가 올 때까지
내게 남은

십오 분을 어떻게 쓰지?

그런 물음을 던지며
성서 속의 예수가 그랬듯이
돌 던질 만한 거리까지
걸어갔다가 와도
좋을

십오 분

(『사람의 깊이』 2019년 제23호)

위의 작품에서 "병원 갈 날이 되어/동네 앞 버스정류장에서/십오 분 뒤에 올 버스를 기다리는/중늙은 사내"의 모습은 초라함을 넘어 시간을 손해 보는 것으로 여겨진다. 그만큼 우리는 시간 자체를 손익의 관점으로 인식하고 있다. 증기기관의 발명 이후 제어할 수 없도록 시간의 속도를 내고 있는 자본주의 체제에 함몰되어 있는 것이다. 자본주의는 시간의 효율성이 이익을 창출한다고 인지시키고 구성원들에게 점점 더 속도 내기를 요구하고 있다. 구성원들은 지식과 정보와 학습으로 속도를 내고 있지만, 자본주의의 무한한 요구를 만족시킬 수 없기에 결국 소외되고 만다.

이와 같은 상황에서 작품의 화자가 "십오 분"을 긍정적으로 인식하는 것은 의의가 크다. "십오 분의 기다림이/맞춤하다는 생각"으로 "우두커니 앉아 있어도 좋"고 "가을햇살이 조금 따가웠음으로/은행나무가 만들어 놓은/그늘 속으로/들어가 있어도 좋"다고 생각하는 것은 주체성을 회복하는 모습이다. 자본주의 체제에 종속되지 않는 인간의 존재 가치를 지키는 것이다. ⓑ

구절초

양문규

하얗게 무리지어 구절초가 온다

천둥번개가 치고
지긋지긋한 장맛비가 가고
높고 푸른 하늘 속 때 아닌 태풍이
서너 번 오가는 동안

어깨와 허리와 무릎과 팔다리
온 삭신이 덩달아
저리고 쑤시고 절룩이면서
꽃은 그렇게 왔다

산다는 건 고통을 달게 걸으며
슬픔이 말라갈 때 피는 꽃이라
한 구절 한 구절 모두 꽃답다는 걸
엄니로부터 배운 지 오래

내게 가을이 다였다면
천태산 영국동에서 삼봉산자락 깊은 골짜기
눈물 훔치며 이삿짐을 나르지 않았다

하루하루 헤어지고 또다시 만나는 가을

구철초가 내 눈물을 말리고 있다

(『미네르바』 2019년 겨울호)

위의 작품의 화자는 "하얗게 무리지어 구절초가" 피는 모습을 바라보면서 힘든 삶을 견디고자 한다. "구절초"는 "천둥번개가 치고/지긋지긋한 장맛비가 가고/높고 푸른 하늘 속 때 아닌 태풍이/서너 번 오가는 동안" 자라서 하얀 꽃을 피운다. 화자는 그 "구절초"를 바라보면서 "어깨와 허리와 무릎과 팔다리/온 삭신이 덩달아/저리고 쑤시고 절룩"이는 "엄니"의 모습을 떠올린다. "산다는 건 고통을 달게 걸으며/슬픔이 말라갈 때 피는 꽃이라/한 구절 한 구절 모두 꽃답다는 걸/엄니로부터 배운 지 오래"되었기 때문이다. 그리하여 "내게 가을이 다였다면/천태산 영국동에서 삼봉산자락 깊은 골짜기/눈물 훔치며 이삿짐을 나르지 않았"을 것이라고 토로한다. 삶을 영위하는 것이 마치 아홉 구비를 넘는 것처럼 힘들다고 생각하는 것이다. 따라서 "구철초가 내 눈물을 말리고 있다"고 인식하는 것은 참으로 다행이다.

"구절초"는 산과 들에서 흔히 볼 수 있는 식물로 가을에 캐어서 말려 약으로 쓰기도 하는데, 음력 9월 9일 중양절에 채취한 것이 가장 약효가 좋다는 데서 이름이 유래되었다고 한다. 옛날에 결혼한 어떤 여인이 아이가 생기지 않자 사찰에 가서 약수로 밥을 해 먹고 주변에 있는 구절초를 달인 차를 마시면서 지극정성으로 치성을 드린 끝에 아이를 얻게 되었다는 데서 선모초(仙母草)로 불리기도 한다. (b)

화살

여국현

서늘한 가을 아침
진홍빛 단풍나무 사이
무수한 화살들이 날아와 내 가슴에 꽂힌다

누가 쏜 화살이기에 이리도 감미로운가
어이 날아오는 화살이기에 피할 수도 없는가

나는 기꺼이 그 화살의 과녁이 되어
가슴에 꽂혀오는 무수한 화살을
기쁘게 받아들인다

가장 멀리서
가장 곧고 가장 빠르게 날아온
화살 하나
내 심장에 비수처럼 꽂힌다

진홍빛 단풍나무
내 가슴의 피로 붉디붉게 물들었다

(『푸른사상』 2019년 가을호)

위의 작품의 화자는 "서늘한 가을 아침/진홍빛 단풍나무 사이/무수한 화살들이 날아와 내 가슴에 꽂힌다"라고 노래하고 있다. 화자는 "누가 쏜 화살이기에 이리도 감미로운가", "어이 날아오는 화살이기에 피할 수도 없는가"라며 회피하지 않는다. 오히려 "기꺼이 그 화살의 과녁이 되어/가슴에 꽂혀오는 무수한 화살을/기쁘게 받아들인다". 그리하여 "진홍빛 단풍나무"는 "가장 멀리서/가장 곧고 가장 빠르게 날아온/화살 하나"에 "심장"을 내주며 "피로 붉디붉게 물들"고 있다.

단풍나무가 진홍빛을 띠는 시기는 가을이므로 한 사람의 일생으로 보면 중년에 해당된다. 화자는 그와 같은 시기에 날아온 화살을 피하지 않고 맞는다. 자신에게 다가온 계기를 운명으로 여기고 수용하는 것이다. 인간 세계에는 태어날 때부터 정해진 운명이 있다는 숙명론이나 우주를 지배하는 힘이 있다는 운명론이 인정되기도 한다. 그렇지만 인간의 운명이나 숙명은 우연이나 요행에 의해서가 아니라 오랫동안 준비해왔기 때문에 이루어진다. 삶도 그러하고 예술도 그러하고 사랑도 그러한 것이다. (b)

미래의 미래

오경은

주머니에 들어 있던 웃음소리가 쏟아졌다
새하얀 비비탄알처럼

죄와 장난의 차이를 무시해도
혼내지 않을 거지
웃음소리가 복도를 늘이고 있으니까
이웃들은 서로에게 안부를 물어야 할 테니까

나의 장래희망은 주동자로 지목되는 것
곤란한 표정을 지어보는 것

초인종을 누르고 와다다다, 뛰어
내려갈 때의 묘미는 자꾸만 뒤돌아보는 거다

버려진 위인 전집과 자전거가 계단을 점령하고도
미래네 식구들은 악의 없이 1304호에 살았다

자기가 싼 똥을 처벅처벅
온 집안에 묻히고 다니는 노인네처럼

복도에 범람하는 청국장 냄새……

닭다리를 뜯으면서도 똥통에 빠진 듯한 기분에 사로잡히는 이웃들이여
미래네 부모님은 자꾸만 건강해지신다!

부재중이었던 미래가
부재중인 미래가 될 때까지

1304호 앞을 지키고 서서 기다렸다
마주쳐도 서로를 알아보지 못했다

화를 내주는 사람이
장난의 핵심 아니겠습니까?

문틈을 노려보았을 때
어둠에겐 흰자위가 없었다

(『현대시』 2019년 11월호)

시의 앞은 경쾌하고 뒤는 불길하다. '나'는 미래와 같은 아파트에 살고 있으며, 천진하게 장난을 치며 노는 나이의 아이다. "새하얀 비비탄알"처럼 쏟아지는 웃음소리는 얼마나 청량한가? 아직 죄와 장난의 차이도 모를 정도로 아이들은 천진하다. 초인종을 누르고 달아나는 놀이가 한창이다. 미래네 식구가 사는 1304호 앞은 버려진 위인 전집과 자전거가 차지하고 있다. 뿐만 아니라 청국장 냄새 같은 똥냄새가 퍼져나오는 곳이기도 하다. 미래의 이름과는 정반대로 이 집에는 미래가 없는 것 같다. 포기와 환멸과 절망만이 가득한 것 같다. "부재중이었던 미래"는 "부재중인 미래"가 될 것이다. 어느새 미래의 부재는 현재진행형이 된다. 미래의 집은 초인종을 눌러대도 화를 내주는 사람이 없다. 미래의 집 문틈으로 보이는 어둠에는 "흰자위가 없었다". 깊이를 알 수 없는 어둠만이 가득할 뿐이다. 미래의 '미래'는 암담하다. 미래에 펼쳐질 수렁 같은 섬뜩한 절망을 인상 깊게 포착해낸 시이다. "새하얀 비비탄알"에서 시작되어 '흰자위가 없는 어둠'으로 끝나며 급반전하는 색채의 대비도 역동적이다. (a)

감나무 설경

오새미

겨울바람의 날카로운 손톱에도
끄떡없이 버텨냈던 감나무

새하얀 눈꽃을 수묵화처럼 만나고 싶었는데
햇빛을 등지고 선 나뭇가지가 쓸쓸하기만 하다
아스라한 그늘에 기대어
뒤돌아선 아버지를 불러본다

눈이 앉았다 떠난 가지마다
파랗게 움이 튼다
매서운 추위가 나무들을 견디게 했을까
그 많은 눈은 흔적도 없이 녹아 내려
다디단 우물이 되었으리라

겨울에게 등을 보인 사람들이
난로 곁에서 손을 쬐며 비비고 있을 때도
감나무는 자신을 찢고 나오는 눈물을 머금어
언 발로 봄을 만들고 있었을 것이다

눈 밥을 먹고 배부른 떡잎이
연둣빛 옹알이를 하고 있다

뿌리 없는 막대기에도 피가 돌 것 같아
눈 더미 쌓인 자리에서
냉이랑 민들레가 피어날 것인데

아직도 당신을 보내지 못하고 있는
나의 오래된 뼈는
겨우내 흰 눈을 이고 있던
늙은 감나무를 닮아가고 있다

(『시와문화』 2019년 겨울호)

위의 작품의 화자는 "겨울바람의 날카로운 손톱에도/끄떡없이 버텨냈던 감나무"의 "새하얀 눈꽃을 수묵화처럼 만나고 싶었는데/햇빛을 등지고 선 나뭇가지가 쓸쓸하기만 하다"고 느낀다. 그 이유는 "아스라한 그늘에 기대어/뒤돌아선 아버지"가 떠오르기 때문이다. "감나무"는 "눈이 앉았다 떠난 가지마다/파랗게 움이" 트지만, "아버지"는 그러하지 못한다. "감나무는 자신을 찢고 나오는 눈물을 머금어/언 발로 봄을 만들"어 "눈 밥을 먹고 배부른 떡잎이/연둣빛 옹알이를 하고 있"지만, "아버지"는 봄을 맞지 못하는 것이다.

작품의 화자가 "아직도 당신을 보내지 못하고 있"는 것은 "아버지"를 사랑하기 때문이다. 화자는 자신을 위해 헌신한 그 사랑에 제대로 보답하지 못했음을 부끄러워하며 "아버지"를 가슴속에 품는다. "나의 오래된 뼈는/겨우내 흰 눈을 이고 있던/늙은 감나무를 닮아가고 있"는 것이 그 모습이다. 새봄이 되면 늙은 감나무에도 파란 움이 트듯이 "아버지"가 베풀어준 사랑에도 싹이 트기를 기원하는 것이다. (b)

거목

유계영

화면 속에서 나무꾼이 도끼질한다 반복적으로
우리는 밥을 먹고 배가 부르다 방어적이다

몸의 어떤 부분은 지나치게 개방되어 있다
반을 쪼갠 배추의 입 양파의 입 딸기의 입처럼

깊은 곳의 비밀을 누설하느라
따뜻하게 짓물러간다

얼마쯤 시간이 흘렀을까
그런 말은 더 이상 쓰지 않는다
시간은 지나치게 반복적으로
지나침을 활짝 펼칠 뿐이다

도끼는 나무를 향하지만
도끼는 그런 말을 할 줄 모른다
딱정벌레조차 그런 말을 할 줄 모른다
간혹 설명은 필요하다
반복 앞에 방어적으로 쓰러지기 위해

얼마쯤 시간이 흘렀을까

입이 벌어진 뒤에는 충분히 배가 불러오는데

이것이 훗날 시집에 실린다면
여기서 페이지 넘어갈 것

열고 닫음의 자유를 뽐내듯이 다음 장면 시작될 것

도끼로 찍는다
그러나 페이지는 넘어가지 않는다

어때, 재미있지?
아니 너무 슬퍼

아이가 쓰러지지 않는 나무를 툭툭 두드리며 대답한다

티셔츠를 청바지 속에 넣어 입은 여자들이 지나갔다
잘록한 허리를 강조한 모양이다

물잔의 투명이 잘게 쪼개진다

(『현대문학』 2019년 6월호)

이 시는 '거목'을 쓰러트리기 위해 나무꾼이 '반복적으로' 도끼질을 하는 장면에서 시작되어, 연관이 있는 듯 없는 듯한 여러 개의 이미지들을 병치해 놓고 있다. '반복적'인 행위와 '방어적'인 자세의 대비가 두드러진다. 도끼질한 나무, 반을 쪼갠 배추의 입, 양파의 입, 딸기의 입이 묘사되고 심지어 "이것이 훗날 시집에 실린다면/여기서 페이지 넘어갈 것"이라는 전지적 시점의 개입까지 들어온다. 반복은 지나침을 활짝 펼치고 방어적으로 쓰러지는 자세를 예고한다. 그런데 과연 그런가? 도끼로 찍는데도 페이지는 넘어가지 않는다. 나무는 쓰러지지 않는다. "어때, 재미있지?/아니 너무 슬퍼"에서 이 시를 볼 수 있는 두 개의 관점이 드러난다. "열고 닫음의 자유를 뽐내듯이" 지나치게 개방된 몸의 어떤 부분에 대한 재미있는 상상일 수도 있고, 반복 앞에 방어적으로 쓰러지는 존재의 슬픔을 담은 것일 수도 있다. 물잔의 투명이 잘게 쪼개지듯 이 시에서 시간은 "지나치게 반복적으로/지나침을 활짝 펼"치며 불가해한 "깊은 곳의 비밀"을 어긋난 각도로 풀어낸다. 만화경을 돌리면 점점이 모이고 흩어지며 변하는 이미지들처럼 이 시인의 이미지들은 느닷없고 오묘하다. ⓐ

우리, 모여서 만두 빚을까요?

유병록

만두피에 소를 올린다
포개서 가장자리를 꾹꾹 누르고 끝을 이어 붙인다
만두 한 알이 완성된다

능숙한 손에 몸을 맡기면
이렇게 그럴듯한 만두가 태어나는 법

사람 일도 마찬가지
차근차근 배우고 조심조심 따라 해서 나쁠 것 없는데
실패하지 않으면 더 좋은데

세상 제멋대로인 사람들 많다
도무지 말을 듣지 않는다
귀 모양을 닮은 만두만 내 이야기에 귀 기울인다

만두야, 그렇지 않니?
너도 나도 기왕이면 속 안 터지는 게 좋지 않겠니?
내가 나 좋으라고 이야기하니?

만두를 빚으면
국 끓여 먹고 튀겨서 먹고 쪄서 먹을 수 있지

남의 말 안 듣는 인간들은 어디 써먹을 데가 없지

도대체 왜 그렇게 막무가내일까
그들은 이미 틀려먹었다

빚고 또 빚어도
마음이 딴 데 가 있으니 만두 모양이 제멋대로다
자꾸 속이 터진다

오만 생각 다 그만두고
그래, 만두 빚을 때는 만두를 빚자
빚을 수 있는 것은 만두뿐이다

(『창작과비평』 2019년 겨울호)

지금은 사라져가는 일이지만, 겨울이면 온 가족이 둘러앉아 만두를 빚는 집이 많았다. 만두피에 소를 올려 가장자리를 누르고 끝을 이어붙이면 만두 하나가 빚어진다. 만지는 대로 빚어지는 만두를 보며 화자는 생각에 잠긴다. 그리고 어느새 사람은 제멋대로여서 도무지 말을 듣지 않는다는 넋두리가 이어진다. 귀 모양을 닮은 만두에게 들어보라고 얘기한다. "너도 나도 기왕이면 속 안 터지는 게 좋지 않겠니?"라며 자신의 속 타는 심정을 토로한다. 말 잘 듣는 만두는 국도 끓여 먹고, 튀겨도 먹고, 쪄먹을 수도 있지만 말 안 듣는 인간들은 도대체 써먹을 데가 없다는 것이다. 만두를 빚는 마음이 온통 딴 데 가 있으니 만두 모양이 제멋대로이고 자꾸 속이 터진다. 결국 만두 빚는 것이라도 잘해보자는 다짐으로 마무리된다. "빚을 수 있는 것은 만두뿐"이라고. 귀 모양을 한 말 잘 듣는 만두와 제 말을 듣지 않는 제멋대로인 사람들을 비교하는 장면이 웃음을 자아내는 정겨운 시이다. (a)

강의 입

유진택

여자가 꽃떨기처럼 벼랑에서 몸을 날린다
벼랑을 굽이치던 강은 여자의 추락에 놀라
여자를 짐승처럼 날름 집어삼킨다
강은 여자를 품에 안고 으르렁거렸으나
여자가 죽은 사연보다
어떻게 강이 여자를 집어삼켰는지가 더 궁금했다
아, 물에도 입이 있었던가
방금 여자를 집어삼킨 그곳이 강의 입이었던가
평소에는 잔물결 치며 흘러가던 강물인데
저렇게 순한 강이 시커먼 입을 숨기고 있었다니!
오늘따라 강가에 서는 일이 왜 이리 두려운지
강물은 벼랑 끝처럼 위험스레 살지 말라고
죽비처럼 철썩철썩 제 몸을 후려치며 흘러가는데

(『푸른사상』 2019년 가을호)

위의 작품의 화자는 "여자가 꽃떨기처럼 벼랑에서 몸을 날"리는 상황을 그리고 있다. "벼랑을 굽이치던 강은 여자의 추락에 놀라/여자를 짐승처럼 날름 집어삼킨다". 화자는 "아, 물에도 입이 있었던가/방금 여자를 집어삼킨 그곳이 강의 입이었던가"라고 묻는다. "평소에는 잔물결 치며 흘러가던 강물인데/저렇게 순한 강이 시커먼 입을 숨기고 있었다니!" 하며 놀라는 것이다. 자살자의 10% 정도가 강물에 투신하는 그 상황을 반영하고 있다.

주지하다시피 대한민국의 자살자 수는 하루 30명 이상이어서 경제협력개발기구(OECD) 회원국 가운데서도 수위를 다투고 있다. 극단적인 선택을 하는 사람들의 수가 줄고 있지만 여전히 충격적이다. 사람들이 자살하는 이유는 다양하겠지만, 소득이 낮거나 소득이 낮은 수준으로 떨어지는 경우가 가능성이 높다는 연구 결과가 있다. 사회의 분배 구조를 개선할 필요가 있고, 사회적 존재로서 소외당하지 않도록 공동체 문화를 조성하는 일이 필요하다. 오늘도 "강물은 벼랑 끝처럼 위험스레 살지 말라고/죽비처럼 철썩철썩 제 몸을 후려치며 흘러가"고 있다. (b)

토요일에도 일해요

유현아

아직도 토요일에 일하는 곳이 있어요?
라는 질문에 대답해야만 했어요

계절을 앞서가며 미싱을 밟지만 생활은 계절을 앞서가지 못했지요

어느 계절에나 계절의 앞에 선 그 사람이 있어요
숙녀복 만들 때에도, 신사복 만들 때에도, 어린이복 만들 때에도
익숙한 손가락은 미싱 바늘을 타고 부드럽게 움직였어요

단 한 번도 자기 옷이라 생각하지 않았다고 해요

여름엔 에어컨을 틀기 위해 창문을 닫았고, 겨울엔 난방기를 틀기 위해 창문을 닫았어요
떠다니는 실밥과 먼지들과 통증들은 온전히 열려 있는 창문 같은 입으로 들어갔어요

바늘로 찌르는 것처럼 통증이 그의 몸 여기저기서 튀어나왔고,
가끔은 미싱 바늘이 검지를 뚫고 가는 경우도 있었다고 해요

일요일이 즐겁기 위해 토요일에 일해요, 라고 답을 했어요
끝에는 끝이 없었다는 답을 하고 싶었지만

공장은 사라진 것이 아니라 숨어 있어 안 보일 뿐이에요
익숙하지 않은 토요일의 무게감에 갇혀 있는 것 같아요

그러면 우리는 어떻게 해야 할까
씩씩하게 명랑하게 아픔을 이야기하는 그의 입 앞에서

(『시와사상』 2019년 겨울호)

위의 작품의 화자는 "아직도 토요일에 일하는 곳이 있어요?/라는 질문에 대답해야만 했"던 한 노동자를 소개하고 있다. 그 노동자는 "계절을 앞서가며 미싱을 밟지만 생활은 계절을 앞서가지 못했"다. "숙녀복 만들 때에도, 신사복 만들 때에도, 어린이복 만들 때에도/익숙한 손가락은 미싱 바늘을 타고 부드럽게 움직였"지만 "단 한 번도 자기 옷이라 생각하지 않았"을 정도로 경제적 형편이 어려웠던 것이다. 그의 작업장에서는 "여름엔 에어컨을 틀기 위해 창문을 닫았고, 겨울엔 난방기를 틀기 위해 창문을 닫았"다. 그에 따라 "떠다니는 실밥과 먼지들과 통증들은" 그의 "입으로 들어"갈 수밖에 없었다.

어느덧 우리 사회는 토요일을 휴무하는 주5일 근무제를 시행하고 있다. 주5일 근무제는 근로기준법의 법정 근로시간을 주당 44시간에서 40시간으로 축소시키는 근무제로서 삶의 질 향상과 근로 조건의 개선을 위해 1998년 노사정협의에서 논의되었다. 2002년 7월부터 시중은행에서 도입되었고, 11월부터 증권사로 확대되었다. 2004년 7월부터는 공기업, 1,000명 이상 대기업, 금융 보험업 등에서 시행했다. 그렇지만 주5일제 근무가 보편화된 현재에도 "일요일이 즐겁기 위해 토요일에 일해요, 라고 답을" 하는 노동자들이 우리 사회에는 존재한다. "공장은 사라진 것이 아니라 숨어 있어 안 보일 뿐"인 것이다. (b)

박용래 시인의 직업

尹錫山

무슨 말을 하려면 눈물부터 흘리는
울보 시인.
박용래 시인의 딸이 국민학교에 처음 입학을 해서
선생님이 생활기록부를 작성하기 위해
아버지는 뭐 하시는 분이여, 하니
시 쓰는 일을 혀셔여.
기어들어가는 목소리로 우물거리니
뭐여?
뭐?
그럴수록 더욱 목소리는 기어들어가고.
생활기록부 아버지 직업란에는
'시를 파는 일'이라고 적혀졌다.
평생을 시 한 편 변변히 팔아보지 못한
박용래 시인의 직업이다.

(『시와경계』 2019년 가을호)

자신의 가난과 고독을 기꺼이 감수하는 올바른 의미의 시인이라면 온갖 이해관계로 뒤얽힌 현실세계 속에서 생활 부적응자가 될 수밖에 없다. 횔덜린의 말대로 시 쓰기야말로 세상의 모든 일 가운데 가장 순수한 일(das reinste)에 속하기 때문이다. 무슨 말을 꺼낼라치면 자기주장을 분명히 하거나 사리를 따져가며 대화를 이어가기보다 눈물부터 흘리곤 해 '울보시인'으로 통하는 순정한 박용래 시인이 그중 하나다. 변변한 직업도 없이 그가 가족의 생계보다 시인으로서의 자세와 사명감에 충실한 것은 믿고 의지할 신이 사라진 시대의 심연에서 가장 맑고 투명한 존재의 언어를 길러내려는 욕망이 무엇보다 컸던 탓이다. 하지만 그에 대한 슬픈 결과물은 초등학교에 입학하는 딸의 선생님이 남긴 생활기록부의 기록이다. 아버지 직업이 무엇이냐고 묻자 "시를 파는 일"이라고 했다는 눈물겨운 에피소드다. 그러니까 정상적인 경우라면 각고의 고뇌와 시간을 투여한 한 편의 시는 적정한 원고료와 더불어 그 시인에게 더할 수 없는 명예를 안겨준다. 하지만 그럼에도 불구하고 그 노력과 수고에 비해 한 편의 시에 지불되는 비용은 턱없이 낮다. 특히 무슨 상품처럼 대량생산, 대량소비가 이뤄지는 것도 아니어서 '최소한의 노력으로 최대한의 이익을 노린다'는 경제원칙과도 전혀 맞지 않는 게 모든 시인이라는 직업 아닌 직업이다. 그럼에도 불구하고 평생 동안 변변하게 시 한 편 팔아보지 못한 박용래 시인의 직업은 영원히 시인이다. 애초부터 그가 상품이 될 수 없는 시를 삶의 전부로 알고 살았던 시인이었던 까닭이다. 뻔히 가족의 고난을 예상하면서까지 언어를 통해 새롭게 건립하는 어떤 진리를 체험하고자 끝까지 자신만의 길을 가고자 했던 '시인 중의 시인'이 박용래였던 까닭이기도 하다. (c)

열대야

윤성택

보름달이 계란프라이처럼 지글거린다

선풍기가 걷어내는 열기를 비스듬히 기울인다
재주가 있다면 저 달을 휙,
띄워 뒤집어놓을 텐데
자글자글 생각만 들끓는다

더운데 잘 지내?

묻고 싶은 안부가 노릇해지며
송송송 뿌려지는 귀엣말

그래, 이 밤이 나를 맛보는가 보다
사는 게 다 한 접시 위에 얹힌 운명일 테니까
그걸 음미하다 한 시절이 레시틴스러워진다고

사진 바래듯 황갈색으로 두루두루
변해가는 금요일

밤은 착하고
낮은 건망증이 심해서
너는 바삭하다

(『시와반시』 2019년 여름호)

열대야에는 보름달마저 덥게 느껴진다. 밤하늘 한가운데서 노랗게 퍼져 있는 보름달을 보며 화자는 "계란프라이처럼 지글거린다"고 한다. 열대야의 열기로 보름달의 속은 다 익었을 것 같다. "계란프라이"와 "보름달"이 결합된 상상은 계속된다. "재주가 있다면 저 달을 휙,/띄워 뒤집어놓을 텐데"라는 놀라운 발상도 등장한다. 다음 순간 행위의 주체는 뒤바뀐다. "더운데 잘 지내?"라며 계란프라이에 뿌려지는 소금처럼 "송송송 뿌려지는 귀엣말"은 열대야가 '나'에게 하는 말이다. 더위에 지친 '나'는 "사는 게 다 한 접시 위에 얹힌 운명"이라며 거창한 운명론에 빠져버린다. 옴짝달싹 못 하고 접시 위에 얹힌 계란프라이처럼 사는 게 녹록치 않다. 계란프라이가 노릇하게 익어가듯, 사진이 바래듯, 어느새 '나'의 삶은 황갈색으로 두루두루 익어버린 듯하다. 열대야의 열기가 '사는 것'에 대한 시인의 생각을 어느새 바삭하게 잘 구워냈다. (a)

K군에게

윤제림

편지 잘 받았네…… 공연히 고생만 시킨 것 같아서
미안하네. 어른의 한 사람으로 사과하겠네.
……그러나 나 역시 꼰대. 편지를 읽으며
교정을 보고 있네그려. 띄어쓰기 맞춤법
유의 좀 하기를…… 아, 이건
차마
틀렸다 못 하겠네

'……일해라 절해라 시키기만 해요.'
나쁜 사람이군
'이래라 저래라' 방법도 방향도 이르지 못하면서
'일해라' '절해라' 명령만
되풀이하는 그 사람.

'……그 사람한텐 말했어요. 저한테 함부로
일해라 절해라 하지 마세요.'

잘했네, K군
젊음이 공화국인데 누구 명령을 듣겠는가
청춘이 사원(寺院)인데
누구한테 경배하겠는가

일도 절도
자네가 주인이라네.

(『시와문화』 2019년 가을호)

K군과 '나'는 스승과 제자의 관계로 요즘에 보기 드문 편지를 주고받을 만큼 친밀한 관계다. 스승으로서 제자의 잘잘못을 곧바로 지적해도 불필요한 오해를 사거나 유감을 갖지 않을 만큼 그동안 서로 간의 신뢰가 충분히 확보된 상태다. 그래서 스승인 '나'는 평소와 다름없이 제자의 편지를 읽다가 눈에 거슬리는 K군의 맞춤법과 띄어쓰기를 교정해주고자 한다. 하지만 어느 순간 직장상사가 자신조차 일의 방법이나 방향을 모르면서 '이래라저래라' 명령만 하는 것에 불만을 품은 K군의 편지를 읽어가다가 멈칫한다. 그러면서 그걸 "일해라 절해라"로 잘못 쓴 K군의 글귀에서 비록 맞춤법을 틀렸을지는 모르지만, 그럼에도 불구하고 무조건인 지시와 복종만을 요구하는 세상과 당당하게 맞서고 있는 제자의 모습에 뿌듯함을 느낀다. 그래서 이번엔 '나'는 제자의 맞춤법을 가감 없이 수정하고 지적하기보다 모든 노동과 예의의 주체는 다름 아닌 K군 자신이라고 격려해줄 참이다. 하루하루를 버텨내기 어려운 불안한 미래의 청춘세대인 K군에게 자신의 경험을 일반화하거나 절대화하여 일방적으로 강요하는 이른바 '꼰대'가 아니라 인생 선배의 입장에서 기꺼이 위로와 격려를 보내고자 한다. (c)

커피 한 잔

윤중목

펄시스터즈라고 옛날에 듀엣 자매가수가 있었는데요
언니는 동아건설 최 회장님의 부인이 되셨고요
지금으로 치자면 아이돌 걸그룹인 셈이었는데요
근데 초대형 히트곡이 〈커피 한 잔〉이었는데요
신중현 씨가 작곡 작사 다 한 노래였구요
커피 한 잔을 시켜놓고 그대 오기를 기다려봐도
웬일인지 오지를 않네 내 속을 태우는구려
뭐 이러는 가사였는데요
기다림이란 게 데이트하는 거면 설렘이라도 있지요
이게 철석같이 입금하기로 한 돈 기다릴 때는요
그거 받자마자 나도 딴 데 당장 부쳐야 하는데
아 얼마 되도 않는 거
이 시간까지 안 보내고 뭘 하고 자빠진 건지
만만한 NH농협 인터넷뱅킹만요
들어가봤다 들어가봤다 또 들어가봤다
잔액은 달랑 그대로 변동 없구요
노트북 바짝 더 끌어댕겨서
들어가봤다 들어가봤다 또 들어가봤다
채신머리없이 연방 연신 그래봐도요
웬일인지 돈 아직 오지를 않네
이거 정말 내 속을 태우는구려

커피보다 열 배는 더 쓰게요
스무 배 서른 배는 더 쓰리게요
웬일인지 돈 아직 오지를 않네
이거 정말 내 속을 태우는구려

(『창작21』 2019년 여름호)

위의 작품에서 소개하는 '펄시스터즈(pearl sisters)'는 1967년 배인순 · 배인숙 두 자매로 구성된 듀엣 가수로 신중현이 만든 실험적인 음악을 불러 많은 인기를 끌었다. 1969년 〈커피 한 잔〉이라는 노래로 MBC 10대 가수 가요제 가수왕을 수상했을 정도로 트로트가 주류를 이루던 시절을 뛰어넘어 화려하게 활동했다.

위의 작품의 화자는 '펄시스터즈'의 히트곡 〈커피 한 잔〉의 구절을 패러디해 돈이 필요한 자신의 심정을 여실하게 나타내고 있다. "커피 한 잔을 시켜놓고 그대 오기를 기다려봐도/웬일인지 오지를 않네 내 속을 태우는구려"라는 노래 가사를 "웬일인지 돈 아직 오지를 않네/이거 정말 내 속을 태우는구려"라고 패러디한 것이다. 화자가 토로했듯이 "기다림이란 게 데이트하는 거면 설렘이라도 있지"만 "철석같이 입금하기로 한 돈 기다릴 때는", 더욱이 "그거 받자마자 나도 딴 데 당장 부쳐야 하는" 때는 그지없이 불안하다. "커피보다 열 배는 더 쓰"고 "스무 배 서른 배는 더" 쓰린 것이다. 돈의 어려움을 겪은 사람들은 충분히 공감하는 상황이다. 어느덧 우리는 천민자본주의라고 비판하면서도 돈을 생존의 필수 조건으로 삼는 자본주의의 구성원으로 살아가고 있다. (b)

나보다 오래 울었던 너에게만

이기린

동그라미의 내부를 빈틈없이 칠하며
답은 미래가 될 거다,
이 말의 테두리 안에 서 있어야 안전하다는 믿음이 있었지
나는 그 믿음의 경계에서 속삭이고 있어

지겨워,
창은 무게중심을 옮기며 계절을 한 칸씩 지워버린다
문제를 푸는 동안
한때의 굳은 주먹들이 활짝 펴져 낙하하기도 해

두렵지,
선명히 기억되기 전 사라지는 것이
외치는 소리에 묻혀버리는 것이

흠씬 얻어맞은 뒤 진이 빠져버린 새벽
나는 기다란 네 목을 닦아주는 꿈
닦을수록 너는 흘러내리는 꿈
우리는 문제를 풀면서 오늘에게 문제를 내고 있구나
옆자리를 하나씩 지워가고 있구나

이것 먹어
저것 먹어

색을 나눠주는, 어린 나무 이야기
손바닥 나뭇잎이 나뭇잎의 바깥을 위로하는 이야기
유리창에 적어두고 갈게

눈을 감으면 나는 눈썹 위로 찾아올 거야
떠오를 거야

(『포지션』 2019년 겨울호)

역사적이든 개인적이든 모든 기억은 현재의 상황을 지탱하는 근거이자 동시에 그걸 압박하는 무거운 짐이 되기에 우린 선명하게 드러나기 전에 사라지거나 외침 속에서 묻혀버리는 것을 두려워한다. 불투명한 미래의 시간 속에서 동그라미의 내부를 빈틈없이 칠하는 '나'의 행위 역시 그렇다. 필시 '세월호'에서 살아남은 이들 가운데 한 명으로 추정되는 '나'는 지겹게 문제풀이에 몰두하는 새벽에 기다란 목을 가진 친구인 '너'를 수면 위로 건져내 닦아주는 꿈을 꾼다. 하지만 '나'를 비롯한 살아남은 '우리'들은 어느덧 대학입시나 취업을 위해 문제풀이를 하고 또 오늘의 현실에 문제제기하면서 수장된 채 영원히 돌아오지 않는 친구들의 자리를 하나씩 지워가고 있는 중이다. 서로 색을 나눠주는 듯한 어린 나무들처럼 서로 간의 고민과 기쁨을 나누던 추억을 망각하지 않기 위해 유리창에 적어두지만, 끝내 작별의 인사를 건네야 할 운명이다. 아니면 언젠가 '너'의 눈썹 위로 찾아오거나 떠오를 거야 같은, 결코 지켜지지 않을 약속을 뒷전에 남겨둔 채. (c)

아주 사소한 실수

이돈형

영자는 선배 손에 이끌려 다리 밑으로 사라졌다

폭동이라 하였고 혁명이라 하였으나 우리에겐 중2의 오월이었고 자주 사타구니를 긁었다

어른이 할 수 있는 짓은 뭐든 해보고 싶은 오월이었다

선배가 짱돌 위에 영자를 눕히고 개새끼처럼 헐떡거리는 동안

우리는 뚝방에 앉아 개 같은 봄날*에 개 같은 몸을 말리며 시간을 죽이고 있었다

그때까지 다리 밑은 들여다볼 수 없는 암흑이거나 신성한 곳이었으나

때로는 되돌아가 몽둥이란 몽둥이는 다 때려잡고 싶은 곳이기도 하였다

영자가 돌아오고 미처 털지 못한 등의 흙을 다른 영자가 털며 아, 씨팔 개새끼라 말했다

또 다른 영자는 김창완의 청춘을 부르기 시작하였다

푸르른 이 청춘이 진동할수록 반항이라 하였고 폭주라 하였으나 영자에겐 짱깨 냄새만 진동하였다

우리가 꼰대의 아주 사소한 실수를 인정하고 지루한 혁명에 뛰어들 때였다

* 전영관 시 제목.

(『포지션』 2019년 여름호)

성장기 소설의 한 대목을 연상시키는, 지난 1980년 광주 5월의 비극을 알레고리화한 이 시 속에서 '우리'는 당시 중학교 2학년이었고, 어른들이 할 수 있는 짓은 뭐든 해보고 싶은 성난 사춘기 소년들이다. 그런데 때마침 그 무렵에 "영자"라는 이름을 가진 소녀가 선배 손에 끌려 다리 밑으로 데려가 강간당하는 사건이 발생한다. 하지만 별다른 조직이나 힘을 갖지 못한 미성년의 '우리'는 이른바 자신들의 꼰대로 군림하는 선배의 행동을 제지하거나 잘못된 행동에 과감하게 맞서지 못한다. 그럼에도 불구하고 '우리'는 순간적으로 그 다리 밑으로 돌아가 그 선배들을 모조리 때려잡고 싶다는 충동에 시달리기도 한다. 어쨌든 '우리'에게 그 시절은 강간당하고 돌아온 영자가 미처 털지 못한 등의 흙을 털며 아, 씨팔 개새끼라고 욕을 내뱉듯 결코 유쾌하지 않는 치욕과 모멸의 기억으로 남아 있다. 또 다른 여자아이가 부른 김창완의 〈청춘〉이라는 노래가 암시하듯이 씻길 수 없는 상처가 '우리'들 가슴 한구석을 차지하고 있다. 그래서 '우리'는 어떤 식으로든 남성주의적 폭력적 근대화가 진행되던 시절의 불유쾌하고 아픈 기억들이 격렬하게 상기될 때마다 그걸 애써 사춘기적인 반항 또는 폭주라고 명명하며 스스로를 위로하고 위안 삼고자 한다. 어쩌면 온갖 폭력이 일상화되어 있던, 그러기에 처음 아주 사소해 보였으나 실은 결코 사소하지 않았던 역사의 죄악을 목격한 '우리'가 뒤늦게나마 쉽게 끝나지 않을 혁명에 뛰어들었던 이유를 거기서 찾으면서. (c)

갈급에게

이병률

그 산에는 절벽이 있다
그 절벽 끝에 사원이 있다
그 사원 안에는 기도실이 하나

그 안에서는 절대 자기 자신을 위해 기도를 해선 안 된다
그 안에서는 절대 자기 자신을 들여다보거나 갈구해서도 안 된다
나를 위해서는 안 된다
나를 제외한 기도만을 허락한다

그것이 막막하여 숨을 쉬는 것조차
당신을 떠올리는 것조차
얼마나 힘든 일인지를 알게 해주는 방에서

촛불을 켰다
세상이 칠흑같이 어두워졌다

(『시로 여는 세상』 2019년 가을호)

절체절명의 위기에 빠지거나 극한의 고통의 시달리는 타자들과 직면할 때 우린 수수방관하거나 당황하여 아무런 행위도 하지 못하는 경우가 태반이다. 어떤 산의 절벽 끝 사원의 기도실 안에서 절대 자기 자신을 위해서는 안 되는 기도가 필요할 때는 바로 그 시점이다. 그야말로 갈급한 상황에서 자신 자신을 들여다보거나 자신의 소망을 갈구하는 것은 사치고, 시간낭비다. 어떤 형식이나 장소를 불문하고 긴급한 구원의 손길이 절실한 이들을 위한 짧지만 열렬한 화살기도만이 최선이다. 하지만 모든 기도 행위에서 나의 욕망과 소망을 제외하기란 말처럼 쉽지 않다. 그런 까닭에 '나'는 자신의 간절한 바람을 제외한 기도가 과연 가능하기나 하는지 그저 막막하여 숨 쉬는 것조차 힘들다는 걸 느낀다. 동시에 지극히 내가 사랑하는 가족과 이웃을 위한 '나'의 기도를 들어줄 절대자를 떠올리는 것조차 매우 힘겹다는 사실을 새삼 절실하게 깨닫는다. 그럼에도 불구하고 '나'는 기도실의 촛불을 켠다. 그 순간 세상이 칠흑같이 어두워지면서 비로소 '나'는 아무런 방해나 망설임 없이 기도의 활을 당겨 하느님의 가슴을 직접 겨냥할 기회를 갖는다. (c)

민통선

이세기

본적지가 옹진반도인
홀아범이 내온 밥상 찬거리라야 무숫국와 검은콩자반이 전부다

저녁에는 잔기침이 올라왔다

이슥한 산골짜기 얼음이 얼었다 풀렸다
하는 동안

주먹만 한 마당에는 풍에 좋다는 누리장나무가 자랐다

(『실천문학』 2019년 봄호)

민간인 통제 구역으로서 자유로운 출입이 제한된 민통선은 6 · 25 한국전쟁의 휴전 이후 군 작전이나 보안상 지장이 없는 범위에서 민간인의 귀농(歸農)을 규제하는 귀농선(歸農線)을 의미한다. 하지만 동시에 남북분단의 비극의 몸소 체험할 수 있는 민통선은 바로 그 때문에 훼손되지 않는 자연환경과 생태계를 유지하고 보전하는 역설적인 결과로 이어져 뜻 있는 세계인의 주목을 받은 지 오래다. 중요한 것은, 본적지가 옹진반도인 홀아범이 들어가 사는 민통선이 의외로 각기 체제의 우월성과 자기 이념의 절대성을 주장해온 남북의 이데올로기에서 자유로운 공간이라는 점이다. 달리 말해, 비록 밥상의 찬거리가 무숫국과 검은 콩자반이 전부일 정도로 가난하지만 홀아범에겐 실상 자신들의 권력 유지를 위한 목적의 이데올로기가 틈입하지 못한다. 대신 그런 강요된 국가의 이념이나 신념의 소비를 거부하는 실존의 잔기침이 그 빈 공간을 메우고 있다. 그러니까 어떤 경우에도 인간이 권력 지배의 도구가 될 수 없다는 걸 잘 보여주고 있는 게 홀아범 마당에서 자라나는 누리장나무다. 얼었다 풀렸다를 반복하는 이슥한 산골짜기 얼음처럼 화해와 대립을 되풀이하는 한반도의 점이지대이자 이념 대결의 공백지대가 다름 아닌 민통선이라 할 수 있다. (c)

먹다가 주는 아이스크림같이

이승예

꺾인 골목이 플라스틱 비커에 꽂힌 막대처럼 서 있는
먼 시계

고양이와 새의 우짖는 소리가
흘러내리도록 시계의 방향으로
고양이를 열고 새를 연다

잠겨 있다는 것은 막대의 외면 같은 것
막다른 골목마다 양철대문의 시간엔 녹이 슬어
여러 개의 모래알이 발견되곤 한다

수도 검침사와 전기계량기 검침사는 담을 넘는다
작약이 피다 만 빈집 담 아래로
기본요금이 찍힌 모르는 벌들의 발자국 왁자한데
생을 검침한 흔적

멈칫대며 담을 오를 때와 내릴 때
먹다가 주기 민망한 아이스크림 같은 기분
쓸쓸한 경계를 넘나드는 날갯짓이
살아내기 위한 수치 같은 기분

비커에 꽂힌 막대를 지나가는

나의 생도 기본요금을 검침하는 골목 안

목숨들이 등만 보이며 지나가는 길에

빨간 오토바이를 타고 우편배달부가 지나간다
작약꽃이 활짝 핀다

(『현대시학』, 2019년 7 · 8월호)

“플라스틱 비커에 꽂힌 막대”는 빛의 굴절 현상을 증명하는 간단한 실험에서 흔히 쓰이는 도구이다. 빛은 유리나 물 같은 물질로 들어가거나 이러한 물질로부터 나올 때 꺾이기 때문에 실제보다 크거나 작게 보인다. 같은 막대가 경계면을 기준으로 꺾여 보이는 것은 이 때문이다. 이 시에서 “꺾인 골목”은 굴절되고 차단된 생의 경계를 연상시킨다. 꺾인 골목 안의 집들에는 사람의 그림자가 보이지 않고 고양이와 새들의 소리만 들린다. 녹이 슨 양철대문 안쪽은 시간마저 멈춰 있는 듯하다. 닫힌 문 안쪽으로 수도 검침사와 전기계량기 검침사가 넘어 들어간다. 빈 집 안에는 작약과 벌들만이 왁자하다. 기본요금이 찍힌 계량기를 검침하는 일이란 “살아내기 위한 수치 같은 기분”이 들게 한다. “목숨들이 등만 보이며 지나가는 길”로 지나가는 우편배달부는 기본요금이 찍힌 청구서를 돌리려는 것일까. 사람이 살지 않는 빈집이지만 작약꽃이 활짝 피고 벌들이 왁자하기에 생의 기본요금을 내야 하는 것일까. (a)

철근꽃 한 송이 피었다 지는데

— 노동자 시인 김기홍 형께

이승철

저기 휜 등짝이 보인다.
한평생 그대 등짐이 건져 올린
대못처럼 단단하던 시편들
사금파리 되어 반짝이고 있구나.
내 청춘의 스무 살 적 오랜 벗이여
문득 광주 5월 행사장서 만나면
오랜만이시, 어여 가서 한잔하자고
골목길 선술집으로 끌고 가더니만
그래, 한 많은 노가다 인생 따위
끝내 성사되지 못한 애끓는 사랑 따위
저 멀리 팽개쳐버리고
어디로 서둘러 길 떠나셨는가.
그대가 심은 철근꽃 한 송이 피었다 지는데
흙먼지 자욱한 공사판 인생들 어이하라고
뜨거운 눈물자락 마구 흩뿌려주고 갔는가.
그 여름날 우리가 영산강 언덕에 퍼질러 앉아
굽이치는 물살에 판소리 가락을 떠나보낼 때
함바집 막걸리 잔은 몇 순배씩 잘들 돌아갔지.
더 이상 못난 공사판을 기웃거려 뭐 하겠나.
하늬바람 속으로 굽은 등짝을 활짝 펴
파랑새처럼 훠이 훠어이 그대 날아갔는가.

이보게, 철근쟁이 노동자 시인 김기홍 형
낼모레 입춘은 또다시 다가오는데
이 마을 저 마을 농악 소리 울려 퍼지는데
승주 주암댐 수몰마을에서 달집을 태우는 당신
이 산 저 산에 꽃은 웃고, 새들은 노래하는데.

(『푸른사상』 2019년 가을호)

위의 작품의 화자는 "내 청춘의 스무 살 적 오랜 벗"인 "철근쟁이 노동자 시인 김기홍 형"을 기리고 있다. 그는 "광주 5월 행사장서 만나면/오랜만이시, 어여 가서 한잔하자고/골목길 선술집으로 끌고 가"곤 했다. "그 여름날" "영산강 언덕에 퍼질러 앉아/굽이치는 물살에 판소리 가락을 떠나보낼 때/함바집 막걸리 잔은 몇 순배씩 잘들 돌아"간 일도 떠올린다. 그리고 "한 많은 노가다 인생 따위/끝내 성사되지 못한 애끓는 사랑 따위/저 멀리 팽개쳐버리고/어디로 서둘러 길 떠나셨는가"라고 아쉬워하고 있다.

김기홍 시인은 1957년 전남 순천에서 태어나 1984년 『실천문학』으로 작품 활동을 시작해 시집으로 『공친날』 『슬픈 희망』을 남겼다. 건설 노동자로서 박노해, 백무산, 박영근, 정인화, 김해화 등과 함께 1980년대의 노동시를 이끌었다. 장시간 노동, 저임금, 산업재해 등에 시달리는 노동자들의 삶을 구체적으로 그렸다. 2019년 7월 26일 타계했다. (b)

신용에 대하여

이승하

당신은 신용이 있나요?
대출을 원활히 받을 수 있나요?

물신의 시대, 소비사회의 신은
신용이다
신용을 받을 수 없다면
거래는 정지된다
신용카드는 무용지물이 되고
집도 절도 없이 거리에서
맥주도 못 마시고 커피도 못 마시고

대출金 카드대金 세상은 막대한 금
상환額 부채총額 세상은 엄청난 액
신용정보기관이여 나는 죽은 사람인가
신용판매회사여 나는 산 사람인가

나는 채무자
법원은 나의 전재산을 채권자에게 공평하게 나눠주라고 한다
깨뜨릴 파, 낳을 산
나는 파산자
파산 수속 완료 후 '면책'에 의해서만 채무에서 해방된다

나는 소비하였다
현금서비스 신용보증
눈만 뜨면 보이는 광고마다 사 쓰라고 해서
내수를 진작하라고 해서
소비가 미덕이라고 해서

열심히 소비하라고 해서 소비했는데
신용을 잃었다
나는 이제 사람이 아니다

(『시인동네』 2019년 10월호)

전 지구적인 자본주의 상황에서 대출을 원활히 받을 수 있는 신용(信用)은 매우 중요하다. 신용카드 제도가 그중의 하나다. 가히 "물신의 시대, 소비사회의 신"이라고 할 만한 신용카드는, 먼저 물건을 주고받은 다음 뒷날 값을 치르게 하면서 무제한의 욕망을 자극하고 소비를 진작한다. 하지만 소비자의 신용을 바탕으로 발급되는 신용카드는 대출금을 제때 갚지 않으면 순간적으로 무용지물이 된다. 득달같이 달려드는 상환액 추심 때문에 소비자는 일정한 거처 없이 떠도는 신세로 전락할 수 있다. 그리고 그렇게 채무자가 되거나 파산자가 되면 좋아하는 맥주나 커피도 못 마신 채 결국 자신의 사는 사회에서 죽은 사람 취급을 받기 마련이다. 하지만 신용불량자로 이끈 그런 결과들이 전적으로 소비자인 '나'의 책임만은 아니다. 눈만 뜨면 소비가 미덕이라고 부추기는 것들의 이면엔 어김없이 국가와 결탁한 보이지 않는 채권자이자 자본주들이 숨어 있다. 내수 진작 등을 위해 열심히 소비자로 활동했지만 돌아온 결과는 신용의 상실인 까닭은 거기에 있다. 궁극적으로 상품을 가진 자가 돈을 벌기 위해 '마케팅'하는 자본주의 사회 속에서 짐짓 소비 주체로 행세했던 '나'는 처음부터 인격을 가진 한 사람이기보다 화폐 획득의 도구로 전락될 수 있었던 것이다. (c)

8호실의 항거

이주희

세 평 남짓한 서대문 감옥 8호실에선
스물 넘는 여자들이 다리가 부을까
온종일 어깨를 겯고 소용돌이치듯 돈다
속살거림이 한숨이 되고 술렁임으로 자라다가도
복도에서 들리는 신발 소리에 일제히 멈칫하는 게
와글대다 인기척에 숨죽이는 개구리 같다

수원 기생 향화의 아리랑 선창을 유관순과
이화학당 애라와 다방 종업원 옥이가 함께하고
만삭인 임신부 임명애도 목소리를 보탠다
너 때문에 남편과 자식을 잃었다며 원망하던
만석 엄마마저 멋쩍은 듯 따라 부르면
옆방 사람들의 떼창으로
서대문 거리가 흔들흔들한다

손과 발이 묶였던 벽장의 날들을 견딘
유관순의 만세가 마중물이 되어
길가의 사람들에게 나비물처럼 번진다
전차 안까지 밀려들어
종로를 거쳐 청량리에 이른다

거리거리 만세 함성이 눈 속 매화처럼 만발했다

(『시에』 2019년 여름호)

위의 작품의 제목 "8호실의 항거"는 조민호 감독의 영화 〈항거 : 유관순 이야기〉를 떠올린다. 영화는 1919년 3 · 1혁명 뒤 일제에 의해 체포된 유관순 열사를 비롯한 조선 여성들이 세 평도 안 되는 서대문감옥 8호실에서 고문당하면서도 독립의 의지를 포기하지 않는 모습을 담았다. "수원 기생 향화의 아리랑 선창을 유관순과/이화학당 애라와 다방 종업원 옥이가 함께하고/만삭인 임신부 임명애"와 "만석 엄마"가 목소리를 보태어 "옆방 사람들의 떼창"을 가져왔다. "유관순의 만세가 마중물이 되어/길가의 사람들에게 나비 물처럼 번"져 조선의 "거리거리 만세 함성이" 만발한 것이다.

2019년은 3 · 1혁명 및 대한민국 임시정부 수립 100주년이 되는 해여서 정부 및 지방자치단체, 각종 단체들이 주최한 기념행사가 많았다. 그동안 3 · 1혁명의 비폭력적인 면만 강조해왔는데 이제부터는 극복할 필요가 있다. 일제는 평화적 시위에 참여한 조선인들을 7,500명이나 총칼로 사살했을 뿐만 아니라 수많은 조선인들을 감옥에 가두고 고문을 가했다. 3 · 1운동은 민족의 독립을 위해 수많은 선조들이 목숨을 걸고 맞섰던 숭고한 혁명인 것이다. (b)

어떤 폭설

이진명

집이든 바깥이든 문득 혼자가 되는 어느 때
계절 아랑곳없이 눈이 온다 북방의 난생처음인 눈이
북방의 한 눈 이야기를 들은 후부터 생긴 버릇

일제강점기
만주벌판 독립운동 비밀 자금을 나르던 한 사내
엄동에 남에서부터 열차 암흑을 달려 북방 한 역에 도착
거기서부터 북풍 벌판을 헤쳐 나가는데
눈이 눈이 눈이
와도 와도 와도
세상 이렇게나 올 수가 있나 이렇게나 와도 되나
대명천지 눈 쏟아지는데
숨 끊을 듯 벌판천지를 하얗게 메우는데
사내 그만 통곡이 터져 그 핍박의 위중한 군자금 뭉치를
달려나가며 달려나가며 눈벌판에다 넋 날리듯
워어이 워어이 흩뿌려 날렸다는

(아, 들은 거 맞겠지 내가 꾸민 거 아니겠지)

피 총 감옥 영롱하게 꽃피는 무경계

(『현대시』 2019년 3월호)

일제강점기 비밀리에 독립 자금을 나르던 사내가 북방의 한 역에 도착, 북풍이 휘몰아치는 만주벌판을 헤쳐나가다 엄청나게 쏟아지는 눈발에 그만 통곡하고 만다. 특히 자신에게 부과된 중차대한 임무도 망각한 채 소중한 군자금을 그 눈벌판에 넋 날리듯 뿌린다. 문득 혼자만의 시간을 가질 때, '나'는 그 얘기를 처음 들었을 때의 어떤 진한 감동의 여운 때문이랄까. 그 사내가 마주했을 그 압도적인 눈발이 바로 '나'의 눈앞에 내리는 듯한 환영에 빠져든다. 여전히 정말 내가 전해 들은 것인가, 아니면 꾸며낸 것인가 의심해볼 정도로 신비하면서도 장엄한, 하지만 어쩌면 비현실적인 신화 같은 얘기의 파문에 흠뻑 취한다. 그러면서 '나'는 피와 총, 그리고 감옥과 같은 견고한 현실의 외피에 거대한 균열을 일으키는 자유의 체험을 만끽한다. '나'는 때때로 모든 인간적 의무와 인과론적인 연쇄를 깨뜨리는 무경계의 숭고한 대자유를 실감하는 행운의 시간을 갖는다. (c)

숟가락

이하석

숟가락들은
떠먹을 기억들로 디자인되어
오목하게 들어가 있다.

그냥 놓여 있으면
그 안에 허공이 담기는 구조다

그 뜨신 허공을
입안으로 가져가는 이도 있다

한 숟갈의 포만과 배고픔이
우주의 체중을 조절하기도 한다

그래서,
환자에게 한 숟갈이라도 더 떠먹이는
저 간호사의 분노와 연민으로
디자인되는 것이기도 하다

(『신생』 2019년 가을호)

우리 주변에서 흔히 접할 수 있는 숟가락은 통상 밥이나 국물을 떠먹는 용도로 제작된 식사용 도구 중의 하나다. 하지만 구성적 지각과 상상력에 따른 디자인의 관점에서 보면 숟가락의 오목한 부분은 비어 있기에 채울 수 있는 노장적(老莊的) 의미의 그 '뜨신 허공'이 된다. 그러면서 누군가에겐 포만감을 주고 또 누군가에겐 스스로의 배고픔을 자각하도록 만들며 필요 이상으로 더 살찌거나 마르지 않는 우주의 체중을 조절하는 위대한 임무를 수행한다. 하지만 죽어가는 환자에게 한 숟갈이라도 더 떠먹이려 하는 간호사의 슬픔 어린 분노와 간곡한 연민에 비하면 지금까지의 숟가락에 대한 우리의 생각은 매우 관념적이고 안이할 수 있다. 궁극적으로 숟가락은 타인의 병듦과 아픔을 자신의 것으로 인식하고 공유하려는 자의 한없이 깊고 투명한 마음을 닮은 구조로 디자인되어 있을지 모르기 때문이다. (c)

야생

이현호

꿈에서도 울었다
잠을 깼을 때는 배가 너무 고파서
눈물로 밥을 지을 수도 있었다

슬픔은 인간의 집에 내려오는 멧돼지 같은 것
그 어금니로 헤쳐놓은 감자밭처럼
모조리 뽑고 부러뜨린 옥수숫대처럼
쑥대밭으로 폐허로 만드는 것

용기를 갖자 밥도 잘 챙겨 먹고
짓뭉개진 밭에서 몇 알의 성한 감자를 고르며
쓰러진 옥수숫대를 일으켜 세우며
밀알 같은 눈물을 흘리는 우리가 꿈속에 있다

굶주린 멧돼지는 다시 인간의 집을 찾고
우리를 꿈에서 건져줄 신은
스스로 만든 꿈속을 헤매고 있는 듯했다

억센 털을 바짝 세우고 씩씩거리며
뒷발을 구르는 멧돼지와 마주쳐서
피할 생각도 못하고 온몸이 얼어붙어서

돌진해 오는 슬픔에 갈비뼈가 산산조각 나는

오늘 밤도 울면서 꿈을 꾼다
이런 날은 앞으로도 얼마든지 널렸고
멧돼지도 우리도 언제까지나 배가 고플 것이어서

봐라, 슬픔이 온다

(『시와표현』 2019년 9 · 10월호)

인간의 원초적인 '슬픔'은 '꿈'과 '현실'처럼 서로 함께할 수 없는 존재 양상이 함께 존재함으로써 발생한다. 우리가 풍요로워야 할 '꿈'속에서조차 운 것은 바로 그 때문이다. 단적으로 그것은 '꿈'속의 풍요와 '현실'의 배고픔과 양립할 수 없는 것처럼 보이지만 실제로 공존하게 되는 그런 존재들 간의 '차이'에 대한 인식에서 온다. 예컨대 인간의 집에 내려오는 멧돼지 같은 막무가내의 슬픔은, 애써 용기를 내 쓰러진 옥수숫대를 세우려는 현실적 의지와 그럼에도 불구하고 또다시 눈물을 흘리고 마는 '꿈' 사이 서로 다른 두 개의 사실이 공존하면서 발생한다. 하지만 그로 인해 발생하는 슬픔을 해소하고 구원해줄 신은 지금 자기가 만든 꿈에 갇혀 무기력하기만 하다. 따라서 우리에게 남은 선택지는 이제 근원적인 슬픔을 낳는 차이의 의미를 이해하는 것인데, 여전히 억센 털을 바짝 세우고 뒷발을 구르다가 돌진해 오는 멧돼지에 갈비뼈가 산산조각 나는 꿈을 오늘밤도 울면서 꾸는 이유는 다른 데 있지 않다. 인간에게 '꿈'과 '현실'과 같은 가장 근원적인 차이는 앞으로도 여전히 반복됨으로써 더욱 선명해질 수밖에 없는 까닭이다. "봐라, 슬픔이 온다"는 마지막 연이 보여주듯이 우리가 적극적으로 호명할 때 비로소 근원적으로 야생인 '슬픔'이 제대로 이해되고 극복될 수 있을지 모르기 때문이다. (c)

고등어구이

임경묵

반으로 갈라 소금에 절여놓은 고등어를
팬에 굽는다
데칼코마니 같다
고등어 등에서 푸른 바다가 슬그머니 빠져나와
팬에 지글거린다
기름을 두르지 않았는데도
알맞게 소란하다
혼자 먹어도 좋고
함께 먹어도 좋은,

젊은 날의 어머니는
대설(大雪) 주의보가 내린 그해 겨울 아침에
아궁이 앞에 쪼그려 앉아
오늘처럼 고등어를 굽고 있었어요
이건 그냥 물어보는 건데
그때 왜 어머니는
푸른 고등어가 새까맣게 타는 줄도 모르고
얼굴을 파묻고
울기만 했어요

새봄이 오기 전에 우린 또 어딘가로 이사를 해야 했단다

비릿한 탄내가 어머니의 부엌에 가득하다
가족이라는 그물에 걸려
일생을 퍼덕거리다가
비밀스러운 샘물이 다 말라버리고
푸른 등이
새까맣게 타버린 어머니를
젓가락으로 가르고, 뒤집고, 가시를 발라
그중 노릇노릇 구워진
슬픔 한 점
꺼내 먹는다
혼자 먹어도 좋고
함께 먹어도 좋은.

(『시인수첩』 2019년 여름호)

국민생선 고등어가 등장하는 시나 노래 가사들은 대개 따듯하면서 눈물 난다. 어려운 살림과 가족이라는 끈끈한 연대에 기인하는 이야기가 깃들어 있기 때문이다. 이 시는 현재의 시점에 슬그머니 과거의 장면이 중첩되었다가 다시 현재로 회귀하는 영화의 장면처럼 전개된다. 소금구이 고등어의 묘사가 아주 감각적이다. 데칼코마니처럼 반으로 갈라 소금에 절인 고등어가 기름도 두르지 않았는데 지글거리며 익는 소리가 먹음직스럽다. 지금 혼자 먹는 고등어 위로 어린 시절 함께 먹었던 고등어가 겹쳐진다. 과거의 기억 속에서 젊은 어머니가 고등어를 구우며 울고 있다. 대설주의보가 내린 겨울 아침에 아궁이 앞에 앉아, 새봄이 오기 전에 이사를 해야 한다는 말에 망연자실하여 고등어가 타는 줄도 모르고 울기만 한다. 새까맣게 타는 것은 어머니 자신이기도 하다. "가족이라는 그물에 걸려/일생을 퍼덕거리다가/비밀스러운 샘물이 다 말라버리고/푸른 등이/새까맣게 타버린 어머니"는 고등어와 한 몸이 된다. 화자는 고등어를 발라 먹으며 "노릇노릇 구워진/슬픔 한 점/꺼내 먹는다". 이 시에서 고등어는 가난으로 타들어가던 어머니의 슬픔 같은 맛으로 각인된다. (a)

독재하는 밤

임재정

심약한 밤이야, 성냥만 그어도 새벽이 새어들지
자신을 의심하며 부러지는 연필심

나를 해하려 골몰하며 손가락을 깎는 기분을
훅– 불어 끄면서
창밖으로 쏟아질 생각만 하지

난 너무 묽은 피, 내외가 불분명한 가장 사적인 상대

아흐, 웃겨 죽겠어
고개를 꺾고 제 아랫도리를 비춰보는 가로등
다리 사이에 코를 밀어 넣고 겨드랑이에 취한 개의 미간

사람들은 왜 일그러진 것들을 조금 더 일그러뜨리는 자신을 쓰다듬게 될까

다들 쪼그리고 앉아 제 목을 꺾고
어머, 꽃 좀 봐
나를 가장 많이 반영하는 사타구니를 훔쳐보며
민감하고 부끄러운 막대기를 직신거리다가

체온을 재고 제 심박에 취한 자신을 따르고, 우린 너무 안 맞아서 짝

인가 봐

우습지? 독재자일수록 자신을 갸우뚱한대

난 경험하지 못한 나로 태어날 권리가 있다고 믿어
이런 몹쓸 경향을 위해 세 알 사과를 시계 속에 던져놓고
조금 울기로 해, 유다처럼

(『시와 반시』 2019년 봄호)

성냥만 그어도 새어들 것 같은 새벽녘. 조그마한 자극이나 충격에도 무너질 것 같은 어둠 속에서 '나'는 지금 스스로를 해하려 골몰할 만큼 심약해진 상태다. 하지만 그런 기분을 애써 떨쳐내며 마치 고개를 꺾은 채 제 아랫도리를 비춰보는 가로등처럼 어쩌면 내외가 불분명한 가장 사적인 상대인 '나'와 대면해 있다. 다리 사이에 코를 밀어 넣고 자신의 겨드랑이 냄새에 취한 개의 미간처럼 찌푸린 채 '나'의 본질이 가장 많이 반영되어 있다고 생각하는 사타구니를 음울하게 훔쳐보는 중이다. 하지만 막상 거울 속의 자신을 보듯 마주친 '나'의 윤곽은 생각처럼 투명하지 않다. 어쩌면 자폐적이고 더욱 고립적인 독재자처럼 굴수록 스스로에 대해 갸우뚱하거나 확신하지 못하는 사태가 일어난다. 홀로 있다고 생각할수록 더 이상 '나'를 드러낼 수 없다는 생각에 잠긴다. 하지만 '나'와의 독대 또는 본질적 고독은 딱히 부정적인 것만이 아니다. 비록 지금껏 경험하지 못한 새로운 '나'로 태어나기 위해선 유다처럼 자신을 배반하면서까지 그러한 절대적 무력함 또는 고독의 시간을 마땅히 지불해야 하기 때문이다. (c)

대충 천사

임지은

천사가 있다면
자르다 만 핫케이크에 누워 있을 텐데
아무도 알아보지 못해서
나만 안다

천사는 대충을 좋아한다
대충 싼 가방을 메고 피크닉 가는 것을
몇 개의 단어로 일기 쓰는 것을
좋아한다

그러니까 천사는
모든 것이 대충인 세계로 온 것
좋아해서 그어놓은 밑줄 위에 천사가 누워 있다

내가 좀 전에 벗어놓은 추리닝을 입고 있는
천사는 튀어나온 무릎만큼
상심한다

인간은 악취 위에 뿌린 냄새 같아서
향수로도 잘 감춰지지 않고

우리는 틀어놓은 음악을 함께 듣고 있지만

모두 자기 자신만 듣느라
천사가 곁에 있다는 걸 알지 못한다

나의 이어폰으로 놀러 온 천사여,
지금 그 기분을 벗지 말아요

(『시인동네』 2019년 9월호)

신과 인간의 중간 존재로서 '천사'는 올바른 의미라면 지상의 고통을 하늘에 전하고 하늘의 전언을 민중들에게 전하는 중매자이다. 하지만 하늘의 파수꾼 또는 신의 사제로 칭해지는 오늘의 천사가 거주하는 장소는 아쉽게도 조금도 성스럽지 않다. 불경하게도 자르다 만 핫케이크에 추하게 누워 있을 뿐이다. 특히 오늘날의 천사는 완벽한 존재의 표상이 아니다. 신적인 사명감과 책임감을 갖고 우아하게 행동하기보다 대충 싼 가방을 메고 피크닉 가거나 몇 개의 단어로 얼기설기 일기 쓰기를 좋아하는 '명랑 소녀'의 모습을 하고 있다. 성스런 복장과 장식을 하기보다는 좀 전에 벗어놓은 내 추리닝을 입고 있으며, 다만 무릎 부분이 튀어나왔다고 불평하는 루저에 불과하다. 하지만 그 천사가 여느 인간과 다르지 않은 평범하고 타락한 모습을 하고 있는 것을 모두 천사의 탓으로만 돌릴 수 없다. 언제부턴가 신성을 잃어버리면서 질적인 차이에 대한 고려 없이 모든 것들을 평균적이고 평면적으로 가치의 세계로 만든 탓이 크다. 여전히 천상과 지상 사이를 부지런히 오가며 신의 소명과 더불어 민중의 소망을 실어 나르고 있지만, 정작 그 천사가 '나'와 '우리' 곁에 머물고 있다는 것을 모르고 있을 수도 있다. 그러니까 우린 지금 살고 있는 이 세계는 천사를 경험할 수 없는, 그럼에도 불구하고 그에 대해 아무런 감각이 없는 '대충의 세계'인 셈이다. (c)

초하(初夏)

장이지

여름 맥문동이
초록의 일 할 정도를
바람에 내주고 있습니다.

꽃가루로 살이 찐 구실잣밤나무 구름이
노랗게 떠오르더니
꽃가루의 삼 할 정도를
바람에 내주고 있습니다.

어쩐지 구실잣밤나무 밑에는
마른 잎이 가득 떨어져 있습니다.
구실잣밤나무 아래에서는
잎이 밤색으로 부서지는 소리가 들립니다.

그래서 저는 생각해봅니다.
바람의 등에 매달린 투명한 부대(負袋) 같은 것을.

저의 무엇이 세계로 흘러가
세계가 이렇게 슬픈 빛으로 반짝이는지를…….

(『시작』 2019년 가을호)

초하(初夏)는 아름다운 계절이다. 초록이 가득해지고 공기는 적당히 훈훈하다. 그런데 이 시의 화자는 초하가 슬픔으로 가득하다고 느낀다. 그는 지금 숲속에 와 있다. 발밑에서는 맥문동이 아주 살짝 흔들리고 있다. "초록의 일 할 정도를/바람에 내주고 있"다. 바람이 얼마나 가볍게 불고 있는지를 정확히도 표현한다. 머리를 들어 하늘을 보니 구실잣밤나무의 꽃가루가 날리고 있다. 노란 구름처럼 나무 위를 뒤덮은 꽃가루 중에 "삼 할 정도"가 바람에 날려가고 있다. 발밑보다 위쪽이라 바람이 살짝 더 불고 있는 것이다. 구실잣밤나무에게 이 계절은 생사가 교차하는 절체절명의 시기일 것이다. 나무의 머리 위에는 다른 세계로 떠나기 위해 잔뜩 부풀어 오른 꽃가루들이 가득하다. 꽃가루들은 바람에 실려 멀리멀리 날아가 새로운 둥지를 틀려고 기대가 부풀어 있다. 반면 나무 밑에는 마른 잎이 가득하고 발이 살짝 닿아도 부서져버린다. 지난가을 떨어져서 겨우내 얼다 녹다 하며 마르던 잎이 지금까지 그 자리에 남아 있는 것이다. 바스러지는 잎의 기억을 발밑에 두고 구실잣밤나무의 꽃가루는 "바람의 등에 매달린 투명한 부대"에 담겨 낯선 곳으로 옮겨진 후, 이 끝없는 생사가 교차 반복되는 힘겨운 삶을 다시 시작할 것이다. 모든 생명이 벗어나지 못하는 이 지독한 삶의 사슬을 떠올리며 화자는 슬픔에 잠긴다. 슬픈 눈으로 바라본 세계는 아름답지만 "슬픈 빛으로 반짝"인다. (a)

물의 언어

장혜령

바람이 지난 후의
겨울 숲은 고요하다

수의를 입은 눈보라

물가에는
종려나무 어두운 잎사귀들

가지마다
죽음이
손금처럼 얽혀 있는

한 사랑이 지나간
다음의 세계처럼

이 고요 속에
소리가 없는 것은 아니다

초록이
초록을

풍경이

색채를

간밤 온 비로
얼음이 물소리를 오래 앓고

빛 드는 쪽으로
엎드려
잠들어 있을 때

이른 아침
맑아진 이마를 짚어보고
떠나는 한 사람

종소리처럼
빛이 번져가고

본 적 없는 이를 사랑하듯이

깨어나
물은 흐르기 시작한다

(『창작과비평』 2019년 봄호)

겨울 숲을 바라보는 정밀(靜謐)하면서도 정감 있는 시선이 인상적인 시이다. 바람이 지난 후의 겨울 숲은 고요하지만 안쓰럽다. 추위와 바람에 시달려 떨어져 누운 잎사귀들 위로 눈보라의 흔적이 수의처럼 펼쳐져 있다. 잎이 져서 앙상한 나뭇가지는 죽음을 상징하는 손금처럼 얽혀 있다. 이 시의 묘미는 죽음의 이미지가 가득한 이러한 풍경 너머에서 조용히 시작되는 새로운 생명의 기운을 섬세하게 포착해낸다는 것이다. 그 생명의 느낌은 '소리'로 다가온다. 간밤에 비가 와서 "얼음이 물소리를 오래 앓고/빛 드는 쪽으로/엎드려/잠들어 있"는 장면에서 차디찬 얼음은 그 무엇보다 연약한 생명체로 그려진다. 얼음이 비에 닿아 녹으며 내는 물소리가 바로 "물의 언어"이다. 아프다고, 도와달라고 말하는 듯한 이 소리를 듣고 다가왔다가 "이른 아침/맑아진 이마를 짚어보고/떠나는 한 사람"은 다름 아닌 햇빛이다. "종소리처럼" 맑게 자신을 깨우고 사라진 빛을 그리며 얼음은 "본 적 없는 이를 사랑하듯이" 알 수 없는 활력을 얻고 깨어나 물로 흐르기 시작한다. 막 얼음이 녹기 시작하는 겨울 숲의 생기를 물소리로 감지해낸 예리한 감각이 돋보인다. 물소리를 물의 언어로 파악하는 인간적인 상상이 시에 온기를 더한다. (a)

당신 노래에 저희 목소리를

전동균

가을에 피는 벚꽃을 찾겠습니다

정면에 속지 않겠습니다
그 너머를 보겠습니다

날마다 집을 짓는
거미들과 함께

슬픔에 가득 차서 항상 기뻐하며* 살겠습니다

초록 앞에서 벌벌벌 떨며
뱀과 모래와 사람은 무엇이 다른지 계속 묻겠습니다

이제 저희는
저희 죄를 사랑하게 됐으니

산산조각 부서져 완성되는 인간의 말,
불길에 휩싸여 씨앗을 터트리는
밤의 기도를 구하겠습니다

—프란체스코여, 오늘도 빗속에서 폐지를 줍고 있는
당신 눈에 저희 눈물을

당신 노래에 저희 목소리를 담으소서

* 반 고흐의 말.

(『시인수첩』 2019년 여름호)

이 시는 전체적으로 기도문의 형식을 취하고 있다. 마지막 부분으로 보아 프란체스코에게 행하는 기도의 성격이 짙다. 프란체스코는 청빈의 상징이기도 하지만 '신의 음유시인'이라 불릴 정도로 뛰어난 시도 많이 남겼다고 하니, 시인이 드리는 기도의 대상으로 적격인 듯하다. 이 시에서 드리는 기도는 속죄와 참회보다는 결의와 간구의 뜻이 강하다. "가을에 피는 벚꽃을 찾겠습니다"라는 첫 구절부터 심상치 않은 다짐이 드러난다. 보이는 것만을 보지 않고, 그 너머까지 보겠다는 생각이다. 뿐만 아니라 "날마다 집을 짓는/거미"처럼 한없는 노역에도 지치지 않고 기꺼이 살아가겠다고 다짐한다. "초록 앞에서 벌벌벌 떨며" 자연을 향한 외경을 잃지 않고 진정 인간다운 삶이란 무엇인지를 탐문하겠다고 한다. 파괴를 거쳐 재생하는 자연처럼 "산산조각 부서져 완성되는 인간의 말"을 탐구하고 "불길에 휩싸여 씨앗을 터트리는/밤의 기도"를 구하겠다고 한다. 지금 우리에게 필요한 것은 "빗속에서 폐지를 줍고 있는" 프란체스코 같은 지속적인 삶을 위한 헌신적 실천이다. 눈앞의 쾌락을 좇아 파멸을 향해 질주하는 인류의 앞날을 예견하며 드리는 시인의 간절한 기도가 먹먹하게 다가온다. (a)

일침

정기복

버려진 자의 마지막 안간힘

비 적신 아스팔트 웅덩이
새벽 발기하듯 곧추서는 게 있다

녹슨 못, 끊어진 철사, 무디어진 나사
고인 빗물 딛고 수직으로 서

난자와 수정하는 정자처럼
찰나의 막무가내로 타이어 뚫고 들어와

속도와 속력을 제로로 하는 때가 있다.

(『동안』 2019년 가을호)

녹슨 못이나 끊어진 철사, 혹은 무디어진 나사는 평소 아무런 힘을 발휘하지 못하는 미약한 존재에 불과하다. 일상생활 속에서 그 가치를 인정받거나 주목받지 못한 채 방치되어 있는, 그야말로 겨우 존재하는 하찮은 것들에 지나지 않는다. 하지만 그렇듯 가장 연약하고 가엾은 것들은 때로 고인 빗물을 딛고 수직으로 서서 반격한다. 혹은 가장 강하고 강렬한 저항을 보여준다. 우린 경험상 막무가내로 타이어를 뚫고 들어와 현대문명의 총화 중의 하나인 자동차를 멈추게 하는, 눈에 띄지 않는 이 강력한 존재를 알고 있다. 또한 역사적으로 그렇듯 버려지고 소외된 자들의 마지막 안간힘이 무한 속도의 경쟁과 무한 속력의 욕망을 그 바탕으로 하는 자본주의 체제의 약육강식에 제동을 거는 가장 강력한 혁명의 무기가 될 수 있다는 것을 가르쳐주고 있다고 하겠다. (c)

아름답다는 것은

정대호

내게 없는 것이다.
마음으로 애타면
눈을 감아도 보인다.

어릴 때, 아파서 누워 몇 달이 지난 어느 날
방문을 열고
눈부시게 아름다운 모습을 보았다.
검게 탄 농부가
도리깨를 들고
땀을 흘리며 보리타작을 하는 모습.
나도 저렇게 일할 수 있을까.

내 나이 열일곱
집을 떠나, 돈도 떨어지고
며칠을 굶은 어느 날
비 내리는 저녁, 골목길을 걷는데
굴뚝에 연기를 폴폴 날리며
밥 눋는 냄새가 퍼져 나와
구수하게 아름다워 보였다.

내 나이 스물둘, 유치장에서
꽁보리밥 반 공기 단무지 반쪽으로

한 끼씩 먹고 있을 때
옆 사람이 먹는
보리쌀이 섞인 흰 쌀밥
설탕물이 약간 밴 김치 몇 쪽
아름다워 보였다.
나도 모르게 눈길이 자꾸만 가고 있었다.

말 못 하는 아들을 안고 걸어가는
엄마가
한없이 부러운 눈으로 바라보고 있었다.
오래 오래 서서.
재잘거리며 노는 아이들의 모습.
한 아이가 칭얼거리며
'엄마' 하고 부르는 소리.
안고 있는 아들도
저렇게 어울려 놀 수 있을까.
'엄마'라는 말을 들을 수는 있을까.

(『사이펀』 2019년 여름호)

위의 작품의 화자는 네 가지 일화를 소개하면서 그 모습들이 "아름답다"고 말한다. 첫 번째는 "어릴 때, 아파서 누워 몇 달이 지난 어느 날/방문을 열"었을 때 "검게 탄 농부가/도리깨를 들고/땀을 흘리며 보리타작을 하는 모습"을 보고 "나도 저렇게 일할 수 있을까"라고 부러워한 것이다. 두 번째는 "나이 열일곱/집을 떠나, 돈도 떨어지고/며칠을 굶은 어느 날/비 내리는 저녁, 골목길을 걷"다가 "굴뚝에 연기를 폴폴 날리며/밥 눋는 냄새"를 맡고 걸음을 멈춘 일이다. 세 번째는 "나이 스물둘, 유치장에서/꽁보리밥 반 공기 단무지 반쪽으로/한 끼씩 먹고 있을 때/옆 사람이 먹는/보리쌀이 섞인 흰 쌀밥"을 부러워한 일이다. 마지막은 "말 못 하는 아들을 안고 걸어가는/엄마가/한없이 부러운 눈으로 바라보"는 모습이었다.

화자가 아름답다고 느낀 것은 건강한 몸, 배곯지 않는 일, 상대적인 박탈감을 갖지 않는 일, 베푸는 사랑 등이다. 행복한 그 모습들은 화자가 이루고자 하는 희망 사항이자 인간 가치이다. 그것들은 난해하거나 고상하기보다는 일상적인 것이어서 겸허한 마음으로 실천하면 충분히 이룰 수 있다. 아름다움은 주어지는 것이 아니라 만들어가는 것이다. (b)

우리는 날마다

정우영

저녁 무렵 지리산 화엄사에서 그를 만났지요. 혼자였고 자전거 여행 중이었어요. 혹시 불 좀 빌릴 수 있겠느냐고 조심스럽게 말 건네왔지요. 내가 켠 라이터 불빛에 히뜩 그가 드러났는데요, 유 배우였어요. 내가 날마다 보고 있는 드라마 〈우리는 날마다〉의 주역. 아우라 같은 건 없었어요. 스쳐 지나가면 알아볼 수 없을 만큼 무표정했지요. 그가 자전거를 타고 멀어진 다음에서야, 사인이나 받아둘걸 하는 생각이 들더군요. 그날 밤 드라마에 그가 나왔는데요, 전혀 다른 사람이었습니다. 정말 빛이 났어요. 오만가지 표정이 내 맘을 들락거렸지요. 낮의 기억은 슬근 지워지고 뜨거운 활력이 온 신경을 빨아들였어요. 저기 너, 하는 것처럼 그가 날 손짓으로 불렀어요. 나는 가만히 목 밀어 영상 속으로 빠져들었습니다. 반갑다는 듯이 그가 내 목을 졸랐어요. 나는 주머니에서 라이터를 꺼내 그에게 바쳤지요. 세상의 족적 하나가 치워졌으니 날 삼킨 미디어는 어떨까요. 흡족할까요.

(『시인시대』 2019년 여름호)

위의 작품의 화자는 미디어가 내보이는 이미지와 현실 사이의 괴리감을 구체적인 상황으로 제시하고 있다. 화자는 "저녁 무렵 지리산 화엄사에서 그를 만났"다. 그는 "혼자였고 자전거 여행 중이었"는데, "혹시 불 좀 빌릴 수 있겠느냐고 조심스럽게 말 건네왔"다. 화자는 "라이터 불빛"을 켜서 건네다가 그가 "날마다 보고 있는 드라마 〈우리는 날마다〉의 주역"인 것을 알아보았다. 그에게 "아우라 같은 건 없었"고 "스쳐 지나가면 알아볼 수 없을 만큼 무표정했"다. 화자는 "그날 밤 드라마에 그가 나"오는 것을 보았는데, "전혀 다른 사람이었"다. 그는 "정말 빛이 났"고, "오만가지 표정이 내 맘을 들락거"려 "낮의 기억은 슬근 지워지고 뜨거운 활력이 온 신경을 빨아들였"다. "저기 너, 하는 것처럼 그가 날 손짓으로 불"러 "가만히 목 밀어 영상 속으로 빠져"든 것이다.

"그가 내 목을 졸랐"을 때 화자는 미디어의 환상을 깨달았다. 주지하다시피 미디어의 이미지는 현실을 제압할 만큼 강력하다. 환상을 만드는 미디어의 기술은 정교하고 목적은 교묘한 것이다. 미디어는 현실을 사실대로 담지 않고 주체들이 추구하는 이익을 위해 조작된다. 그 주체는 자본과 권력을 가지고 있는 기득권자들이다. 따라서 안방의 드라마에 의해 시청자들이 유혹되고 조종되듯이 사람들은 미디어의 전략에 길들여져 종속되고 만다. 그렇다고 미디어에 등을 돌리는 것은 유리한 전략이 될 수 없다. "우리는 날마다" 회피하지 말고 맞서야 한다. (b)

사슴이라는 말은 슬프다

정윤천

귀에서 실이 나왔다
어머니가 발등을 밟아주면 사슴은 잔발로
숲을 달렸다
사슴의 다리 밑에서 나뭇잎 같은 헝겊을
만지작거리며 지내기도 하였다
누군가 사슴의 모가지만 잘라서 가져가버렸다*
천강(千江)에 내린 달빛이 남김없이 스러졌던
아침까지
사슴의 울음소리는 돌아오지 않았다
궁금하고 무서운 달이 방문 앞에
한동안 넘어져 있기도 하였다
사슴을 잃은 어머니의 눈빛이
늦게까지 슬픈 짐승처럼 남아 있었다.

* 당신의 재봉틀에서 누군가 머리만 떼어가 버린 적이 있었다.

(『현대시』 2019년 12월호)

옛날 재봉틀의 아름다운 곡선을 떠올리며 미소를 짓게 하는 시이다. 구형의 물건들이 자취도 없이 사라진 것에 비해 옛날 재봉틀이 인테리어나 쇼윈도의 장식품으로 활용되고 있는 것을 보면 사람들의 미감이 크게 다르지 않다는 생각도 하게 된다. 이 시에서는 옛날 재봉틀을 "사슴"에 비유하고 있는데, 사슴의 목 부분이든 몸통 부분이든 재봉틀의 곡선과 유사한 것은 분명하다. 이 시는 어머니의 재봉틀에서 누군가 '머리'만 떼어간 일에서 착안한 것이고, "귀에서 실이 나왔다"는 묘사로 보아 재봉틀의 곡선에서 사슴의 목 부분을 연상한 것으로 보인다. 재봉틀과 사슴을 연결시키고 나니 연상 작용은 꼬리에 꼬리를 물며 지속된다. 어머니가 재봉틀의 발판을 밟자, 사슴은 "잔발로/숲을 달렸다"고 한다. 어머니가 재봉질을 할 때 밑에서 헝겊을 가지고 놀았던 기억은 "사슴의 다리 밑에서 나뭇잎 같은 헝겊을/만지작거리며" 지낸 것이 된다. "누군가 사슴의 모가지만 잘라서 가져가버"린 충격적인 사건 이후 어머니는 "슬픈 짐승" 같은 눈빛이 된다. 이 시의 물활론적 비유는 이 정도로 그치지 않는다. 사슴이 돌아오지 않자 "궁금하고 무서운 달이 방문 앞에/한동안 넘어져 있기도 하였다"고 하여, 달까지 이 극적인 상황에 동참시킨다. 이런 일이 기억 속에 남아 있는 사람이라면 당연히 "사슴이라는 말은 슬프다"고 확신할 것이다. 시에서 만물이 얼마나 풍부한 감성으로 어울릴 수 있는지를 새삼 확인하게 된다. ⒜

눈사람

조미희

골목도 녹고 집도 녹아
눈사람의 행방 알 길 없다
어디에 떨어트렸나
눈, 코, 입
나를 키운 건 알고 보니 지지리 가난한 자본이었고
나를 버린 것은 한 달 치의 월급이네

만원을 쓰면 구만 원이 무너져 내리고
십만 원을 쓰면 구십만 원이 녹아내리는
손톱과 발톱도 없는 쓸개도 없는
희디흰 머릿속

오늘은 양복을 입고 사람이 돼야겠어

자본이라는 형상은 대부분
녹는 쇳물로 이루어졌지
황급히, 다급히, 기어이, 녹아도 아무것도 되지 못하는
눈사람의 일생

변형들이 한 세기를 끌고 가네
빈곤을 녹여 다시 자본의 자물쇠를 만들지
추운 날씨에만 존재하는

항쟁이나 봉기나
그런 곳에서는 녹지 않지
여전히
강철 같은 형상으로

(『시와세계』 2019년 가을호)

위의 작품의 화자는 자신을 "키운 건 알고 보니 지지리 가난한 자본이었고", 자신을 "버린 것은 한 달 치의 월급"이었다고 말한다. "자본"이 "눈사람" 같아 "골목도 녹고 집도 녹아/눈사람의 행방 알 길 없다"는 것이다. 지금까지 자신이 모은 "자본"을 찾을 수 없다고 토로하는 것이다. 그 이유는 "만 원을 쓰면 구만 원이 무너져 내리고/십만 원을 쓰면 구십만 원이 녹아내리"기 때문이다. "자본"이 풍족한 사람은 이익을 획득할 수 있는 곳에 투자해서 새로운 자본을 늘릴 수 있지만, 그렇지 못한 사람은 살아가느라 "자본"을 소비할 수밖에 없는 것이다. 그리하여 화자는 "자본이라는 형상은 대부분/녹는 쇳물로 이루어"져 "황급히, 다급히, 기어이, 녹아도 아무것도 되지 못하는/눈사람의 일생"에 불과하다고 진단한다.

화자는 이와 같이 우리 사회의 부익부 빈익빈 현상을 비판하고 있다. 부자인 사람은 더 부자가 되고 가난한 사람은 더 가난해지는 것이 엄연한 현실이다. 따라서 아무리 공정한 절차가 이루어진다고 하더라도 부자와 가난한 사람의 격차는 극복할 수 없다. 열심히 노력하면 잘살 수 있다는 주장은 가능하지만 보편적인 것은 아니다. (b)

산책자의 밤

조용미

불을 끄고 누우면 낮에 본 작고 반짝이는 것들이 붕붕 날아다닌다

광택이 나는 검은 바탕의 등 양쪽에
빨간 점을 두 개씩 가지고 있는 무당벌레는
어떻게 날아다닐 생각을 했을까

애홍점박이무당벌레는 붉은색 둥근 무늬가 두 개, 문학관의 내 방에서 함께 지내고 있는 것들은 등 위와 아래쪽에 각각 두 개

소리를 내며 날아다니는 저것은
천장에 붙어 검은 점처럼 보이기도 했고 얇은 책 귀퉁이에서 올라가야 할지 머뭇거리다 노트북 아래로 방향을 바꾸기도 했다

세계가 나를 이런 방식으로 바라보고 있을 리는 없는데

저 작고 아름다운 것들이 내가 누워 있는 위에서, 북두칠성과 오리온과 초승달이 떠 있는 하늘 아래에서
날고 있다
그 작은 몸에 날개를 감추고 있었다

소리는 아주 따뜻하고 어두운 먼 곳까지 나를 데리고 간다

저 소리를 듣고 있으니 이상하게도 경건한 종교적 감정 같은 것이 생겨난다
이 감정을 아무와도 함께 나누어서는 안 된다

무당벌레의 날개와 붕의 날개가 얼마나 다른지 묻는
냉소적인 아침이 왔다
누군가 감출 날개가 없는 어깨를 구부리고 어디론가 바삐 출근을 하고 있는 시간

(『시로 여는 세상』 2019년 겨울호)

산책자란 삶을 관조하며 유유히 걸어 다니는 사람이다. 관조할 수 있는 거리가 있기에 그만큼 삶의 중심에서 떨어져 있다고 볼 수도 있고 한복판에서는 볼 수 없는 시각을 확보할 수도 있다. 이 시인의 관조적인 시선은 산책자의 그것에 가깝다. 산책자의 낮은 그렇다 치고 밤은 어떨까? 산책자의 밤은 낮의 연장인 듯하다. 불을 끄고 누워도 낮에 본 것들이 날아다닌다. 애홍점박이 무당벌레가 어느새 시인의 방까지 따라 들어와 소리를 내며 날아다닌다. 산책자가 갖는 확장적 시각은 무당벌레를 좇는 데도 같은 방식으로 작용한다. 책 귀퉁이와 노트북 사이를 이리저리 돌아다니는 무당벌레를 보니 문득 자신도 이처럼 영문 모르고 헤매며 사는 것은 아닐까라는 생각이 든다. 누워서 바라본 하늘 위에서 작은 몸에 감추었던 날개로 날아다니는 무당벌레의 소리를 좇다 보니 "아주 따뜻하고 어두운 먼 곳"까지 이끌리며 "경건한 종교적 감정 같은 것이 생겨난다". 이는 혼자만의 내밀한 감정으로 아무도 함께 나눌 수 없는 것이다. 무당벌레의 날개를 통해 잠시 "북두칠성과 오리온과 초승달이 떠 있는 하늘"을 꿈꾸었던 밤과 달리 "냉소적인 아침"에 그런 상상은 웃음거리가 되기 십상이기 때문이다. 날개를 잃은 사람들이 구부정한 어깨로 바삐 출근을 하는 아침이 되자 산책자인 시인은 다시 현실과 꿈의 거리를 절감한다. ⓐ

나무들이 끝없이 늘어선 숲길을 가로지르는 사람

조해주

조금 아플지도 몰라
미리 양해를 구하는 일 없이
그는 숲으로 들어간다

놀란 사람의 척추처럼
숲은 순식간에 얼어붙는다

그가 걸어가는 기나긴 길 위로
나무가 촘촘히 박히고 있다

그는 사라지고 싶을 때마다 걷는다
한 번도 멈춘 적이 없다

나무와 사람
사람과 나무

숲속에는
도망치고 싶어하는 사람도 있고
사람을 찾는 사람도 있다

모른 척하기도 지겨워서

이마 언저리에 긁힌 상처처럼
나뭇잎 크기의 빛
유독 울창해지는 여름에

돌멩이 하나 주워든 그가
고개를 들어 하늘을 본다

숲이 재생되는 데에 걸리는 시간만큼

드리워진 모든 구름이 순식간에 지나간다

(『문학사상』 2019년 10월호)

숲은 사람을 끌어들이는 힘이 있다. 길이 보이지 않는 빽빽한 숲일수록 더욱 그렇다. 일본 후지산의 아오키가하라 숲에서 수많은 실종자들이 발견되었다는 것은 우연이 아닐 것이다. 그들은 숲속의 보이지 않는 길을 찾아 떠났다가 영영 돌아오지 못한 것이다. 돌아오지 못할 수도 있는 숲속으로 사람들은 왜 들어가는 것일까? 숲은 몸을 숨기기에 최적의 장소이다. 이 시에도 숲속으로 사라지고 싶어하는 사람이 등장한다. 길도 없는 곳으로 그는 숨어들어간다. 나무들만으로 이미 빼곡한 숲속에 그는 비집고 들어선다. 한 번도 걷지 않았던 숲에 길을 내며 그는 끝없이 걸어간다. "나무와 사람/사람과 나무"는 어느새 하나가 된다. 햇빛조차 들어오지 않는 무성한 숲은 숨고 싶은 자의 보금자리이다. "이마 언저리에 긁힌 상처"같이 조그맣게 들어오는 빛을 향해 그는 돌멩이를 겨냥한다. 나뭇잎만 한 빛조차 허용하고 싶지 않을 정도로 그의 상처는 깊은가 보다. 숲은 구름이 순식간에 지나가듯 빠르게 재생된다니, 그의 상처도 숲처럼 빨리 낫기를. (a)

먼지들 2

주병률

곱사등이

한로 지나자 수도원 담장 배롱나무 꽃잎이 차다.
일 년 중 딱 한 철 이맘때만 볕이 든다는
삼익빌라도 오후에는 담홍색이다.
어디서 날아왔는지
유리창에 붙은 풀벌레 곱사등이를 보면
에스메랄다를 사랑만 하던 종지기 카지모도가 생각난다.
일생 한 번도 울지 않는다는 곤충이다.

바람도 불지 않고 해가 지자
꽃잎도
유리창도
곱사등이도
모두 집시 같은 가을이다.

(『문학에스프리』 2019년 겨울호)

곱사등이 또는 꼽등이는 귀뚜라미와 비슷하지만 등이 곱사등이처럼 솟아 있고, 귀뚜라미처럼 울지도 않고 날개도 없다. 모양도 흉하고 어둡고 칙칙한 곳에서 썩은 것들을 먹고 살기 때문에 혐오감을 유발하는 곤충으로 알려져 있다. 일 년 중 딱 한 철, 서리가 내리기 시작한다는 한로(寒露) 때나 볕이 든다는 삼익빌라에 곱사등이가 찾아왔다. 곱사등이의 모양을 보니 에스메랄다를 사랑한 카지모도가 떠오른다. 흉측하게 굽은 등과 평생 한 번 울지도 못하고 애달픈 사랑을 한 것이 흡사하다. 삼익빌라 담장을 살짝 물들인 담홍색의 햇빛도 사그라들자, "꽃잎도/유리창도/곱사등이도/모두 집시 같은 가을"이 성큼 다가선다. 이 시의 제목인 "먼지들"처럼 세상의 시선으로 볼 때 미미하기 그지없는 존재들을 바라보는 조용한 눈길이 저릿하다. (a)

정읍(井邑) 지나며

주영국

상행선 무궁화호
대나무 같은 아홉 개의 마디를 추슬러
서울로 가는 길 다잡는 사이
눈발 속의 차창 밖으로는 사람들 몇,
횡으로 누운 이 하나를 메고 와
오호 달구, 오호 달구 호곡(號哭)을 하며
언 땅에 집 하나를 짓고 있다

죽비가 되겠다는 건지,
몸 베어 날을 세우겠다는 건지
대나무 숲에서는 우－우
뜻 모를 소리 들려온다
살아서 마디마디의 평등한 뜻 이루지 못한
푸른 넋 겨울바람에 부르르
부르르 떨며 헛헛한 하늘을 향해 질러대는
끝도 없이 분분한 아우성 들려온다

죽비를 쳐줄까,
죽창을 세워줄까

낫을 갈아 날을 세운 청죽(靑竹)의 창을 들고
자주 세상 평등 세상 외치며

서울로 향하던
개남이의 병사들처럼

열차도 정읍 지나 청죽의 마디 같은
칸칸의 희망을 달고 서울로 가고 있다.

(『푸른사상』 2019년 겨울호)

위의 작품의 화자는 "상행선 무궁화호"를 타고 "서울로 가는 길 다 잡는 사이/눈발 속의 차창 밖으로는 사람들 몇,/횡으로 누운 이 하나를 메고 와/오호 달구, 오호 달구 호곡(號哭)을 하며/언 땅에 집 하나를 짓고 있"는 모습을 상상한다. "죽비가 되겠다는 건지,/몸 베어 날을 세우겠다는 건지/대나무 숲에서는 우-우/뜻 모를 소리 들려"오는 것도 듣는다. 그리하여 화자는 "살아서 마디마디의 평등한 뜻 이루지 못한/푸른 넋 겨울바람에 부르르" 떠는 아우성이라고 여긴다. "낫을 갈아 날을 세운 청죽(青竹)의 창을 들고/자주 세상 평등 세상 외치며/서울로 향하던/개남이의 병사들"로 여기는 것이다.

"개남"(김개남)은 전북 정읍 출신으로 동학의 수행과 포교에 힘써 1891년 두령, 즉 접주가 되었고 탁월한 지도력을 발휘해 호남 지방의 동학 지도자가 되었다. 1894년 전봉준이 고부(古阜) 농민봉기를 일으키자 손화중과 함께 남원의 고을을 점령했다. 그리고 금산과 청주를 거쳐 서울로 진격하다가 일본군의 화력을 당할 수 없어 퇴진했다. 1894년 12월 27일 체포되어 이듬해 1월 8일 전주 장대에서 참수당했다. (b)

장미꽃 폭설

최기순

울타리엔 딱 한 송이 장미 열 송이 스무 송이가 아닌 딱 한 송이 빨간 장미는 브로치 같아 때 아닌 폭설을 몰고 오지

마당엔 잠시 그쳤다가 다시 몰아치는 눈보라 지붕들은 먹어도 먹어도 질리지 않을 잘 부풀어 오른 빵, 지붕이 내려앉을까 봐 걱정이구나 할머니는 저고리 소매 속에 양손을 찌르고 문구멍으로 밖을 내다보고는 성냥도 다 썼는데 방물장수가 이 눈길에 어찌 오나 할머니 걱정도 폭설에 묻히지

마을 총각들이 말 걸면 흥! 콧방귀를 뀌는 멋쟁이 고모들은 코트 깃에 빨간 장미 브로치를 달고 고양이처럼 살금살금 읍내 다방으로 머리 긴 오빠를 만나러 가지

고모들은 장미송이처럼 뺨이 붉고 싱싱하지 안방 윗방 마루 청소를 하며 카츄샤 노래를 부르지 나는 덩달아 기분이 좋아 콧소리를 흉내 내다가 손때 매운 고모에게 꿀밤을 맞고 눈 쌓인 마당을 메리와 함께 뛰어다니지

할머니는 또 성화를 대지 그렇게 밟아놓으면 저 눈을 다 어찌 치우누 눈밭을 뛰는데 신이 난 나는 춤추는 구두를 신은 것도 아닌데 멈출 수가 없지

분지의 겨울은 쌓인 눈 위에 다시 눈이 내리고 또 눈이 오고, 날씨가 추울수록 고모들의 연애도 깊어가지

코끝이 빨개진 엄마가 손을 호호 불며 커다란 가마솥에 물을 길어다 부을 때 종일 내기 화투를 친 아버지가 아리랑 담배를 한 보루 따서 신나게 대문을 들어설 때 고모들 중 하나가 불쑥 애인을 데려오지

아버지가 심각하게 담배 연기를 뿜고 나는 구름 도넛을 만들어달라고 담배 연기를 양팔로 휘젓다가 콜록콜록 기침을 해대지

고모들의 빨간 장미 브로치를 훔쳐 멋지게 달고 애인을 만나러 가는 꿈을 꾸며 나는 발 시린 긴 겨울을 건너지

한 송이 장미 속에는 얼마나 많은 눈송이들을 쟁여놨는지 언제라도 폭설이 휘몰아치지

(『실천문학』 2019년 가을호)

유년 시절의 특정한 경험은, 실상 그게 아주 사소한 것일지라도 아름답게 회상될 때가 있다. 눈이 많이 내리는 어느 분지(盆地)에서 자란 '나'의 경우가 그렇다. 할머니 걱정이나 성화에도 춤추는 구두를 신은 신데렐라처럼 신나했던 '나'에게 멋쟁이 고모들의 연애 행각은 아름다우면서도 순수한 동경의 대상으로 남아 있다. 겨울이 깊어갈수록 더 담대해지고 노골적인 고모들의 연애는 성인이 된 '나'에게 더욱 강렬하고 순수한 아름다움을 기억으로 다가온다. 고모들이 연인을 만나러 갈 때마다 차고 갔던 "빨간 장미 브로치"를 생각할 때마다 '나'는 때 아닌 폭설이 쏟아지는 신비한 경험을 한다. 무엇보다도 그저 순진하고 아름다운 시절에 대한 그리움이 물씬물씬 솟아나는 것을 느낀다. (c)

처음 접시

최문자

결혼하고 석 달쯤 지나서
우리는
처음 접시를 깨뜨리고
처음으로
캄캄함을 생각했다
두 가지 이상의 무거운 빵들이 우리를 기다리고 있었다

언제나 사랑은 빵과 다른 중력

식탁 위에서
팔을 힘껏 뻗어도 팔이 닿지 않던 가난
접시에 담긴 빵들이 무거워서
나는
그 단단한 곳
낯선 마루 위에
여러 번 접시를 떨어뜨렸다

손가락을 베고
문을 열고 나와
들판 나무처럼 서 있었다

깨진 접시에서 꺼낸 말들

빵 안에 없었던 사랑의 문장

깨진 접시에도
빵의 손이 달려 있었다

나는
매일매일
노트에다 내 것이 아닌 빵의 이야기를 썼다

(『시와시학』 2019년 겨울호)

결혼하고 석 달쯤 지나 서서히 환상이 걷히고 생활이 다가오면서 '처음' 접시가 깨진다. 처음으로 '캄캄함'이 밀려든다. "두 가지 이상의 무거운 빵들"이 기다리고 있다. 빵에는 사랑과는 다른 중력이 작용해서 한없이 무겁고 버겁기만 하다. 그 후로도 "팔이 닿지 않던 가난"과 팔로 잡기 어려운 무거운 접시 때문에 '나'는 여러 번 접시를 떨어뜨린다. 그 숨 막히는 공간에서 나와 들판에 나무처럼 서 있으면 "빵 안에 없었던 사랑의 문장"이 떠돈다. 깨진 접시에도 빵의 손이 달려 있어 무겁고 무섭다. 이 시는 순수한 사랑이 처음으로 부딪히게 될 장애를 절실하게 담아내고 있다. 생활의 무게는 때로 감당하기 힘들 정도여서 사랑의 악력만으로는 붙잡지 못할 수도 있다. 누구든 사랑과 빵의 중력 사이에서 여러 번 접시를 놓치다 시간이 지나면서 적절하게 힘을 조절할 수 있게 될 것이다. 경험적 사유와 보편적 상징이 조화를 이루며 공감의 폭이 넓은 시가 되었다. (a)

전염병

최세라

우주는 검은 잇몸이고 어금니 모양의 별들이 박혀 있다
거기 어느 하나에 나는 치실로 연결되어 있어 움직일 때면 무른 잇몸의
상처로 노을이 번졌다

지는 꽃처럼 웃음을 거두며
보리차와 치약과 네일리무버를
장바구니에 담던 사람이
계산 마친 캔커피를 주머니에 찔러준다

노란 물이 번진 하얀 치마 입은 나를
당신은
세제와 간장, 라면, 향초와 볼펜으로 가득한 장바구니만큼
아껴준다

그러나
당신의 마음은 맨 아래 칸이 비어 있는 서랍장 같아서
왈칵 무너지는 순간이 있다고 했다

어느 순간 이 상태가 끝날까 봐 두렵다면
우리는 전염병 같은 관계
당신이 코 밑을 긁을 때 같은 동작을 한다

검은 얼음장이 풀린다
끝자락이 비린 비 내린다

고인 물에 지문을 주고 우리는 아무런 소용돌이도 갖지 않은 채 길을 나선다

(『포지션』 2019년 봄호)

어금니 모양의 별들이 박혀 있는 우주의 검은 잇몸에 치실로 연결되어 있어, 움직이면 상처로 노을이 번진다는 상상이 독특하다. "무른 잇몸의/상처로 노을이 번졌다"고 할 때 도드라지는 것은 '상처'이다. 노을을 보며 상처를 떠올리는 사람의 마음은 아픈 상태일 것이다. 이 시에서는 사랑이 끝나가는 두 사람의 어색한 상태를 감각적으로 표현하고 있다. 함께 장을 보고 계산을 마친 캔커피를 주머니에 찔러주는 행위는 다정한 것인가, 냉정한 것인가? "노란 물이 번진 하얀 치마 입은 나"를 "장바구니만큼" 아껴주는 사람은 나를 사랑하는 것인가, 아닌가? 이 상태가 끝날까 봐 두려운 순간이 온다면 이미 "전염병 같은 관계"에 불과한 것이리라. 더 이상 가까이하기가 두려운 때가 온 것이다. "검은 얼음장" 같던 막막하고 두려웠던 마음도 어느새 녹아내려 "끝자락이 비린 비 내린다". 사랑은 어느새 비린 내음을 풍기며 지나간 것이다. 그러고 보니 다 지나고 돌이켜보는 사랑은 전염병 같기도 하다. 한껏 앓고 난 후에는 비릿한 기억만이 남을 뿐이니. (a)

줄거리를 말해봐

최정례

고구마나 미역 줄거리는 아니고
흘러가는 사연의
인정과 사정의 그 줄거리

생각은 떠돌고
상상은 어디 붙잡힐 수 없어
휘말리다
무성해진다

그게 사실이야?
설마 그럴 리가?
그럼에도 불구하고
앞뒤 맥락은 그게 아니었다구
끌려다니는 줄거리들

선생님은 국어 시간에
줄거리를 요약해보라 했고
우린 얼굴만 붉히고 있었다
공유할 수 있는 줄거리라는 게
참고서의 정답과 같아서

잔가지를 쳐내야 줄거리를 뻗지만

잔가지가 자꾸 줄거리를 변화시켜서
주제는 변덕, 후퇴, 탈진을 거쳐
줄거리는 정말 할 말이 많아진다

불법을 저질렀어
고도의 꼼수였다구
그건 강간이었지
연애가 아니야
내가 볼 땐 그래
당신은 당신 입장
나는 내 입장

각자의 상황 논리 때문에
각자의 길을 갈 수밖에 없다
정의는 억압으로
규제는 반항으로
리얼리티는 더 이상
객관적 진실이 아니라면서

신문은 종이를 잉크로 가득 채우고
망상은 우리를 가득 채우고

줄거리는 그러니까, 에, 일종의,
자연인 것 같지만 자연은 아니고
복잡해지면서 미끄러진다
표류한다
어둠 속에서
암반을 박차고 거슬러 오른다
흘러내린다
도대체 잡히지 않는다

(『문학동네』 2019년 겨울호)

고구마 줄거리도, 미역 줄거리도 아닌 것이 우리의 입에 곧잘 오르내린다. 국어 시간이면 선생님의 강압에 애써 꺼내 보여야 했던 바로 그 줄거리. 간단하고도 중요하다는 줄거리는 왜 그토록 어려운가. 생각의 잔가지를 쳐내고 중심을 붙들어야만 잡을 수 있는 줄거리는 좀처럼 잡히지 않는 채 요리조리 잘도 미끄러져 빠져나간다. 제대로 쳐내지 못한 잔가지가 자꾸 자라나 새로운 줄거리를 만들고 주제까지 휘감아버리기 때문이다. '나'의 줄거리와 '너'의 줄거리는 서로의 입장에 따라 전혀 달라진다. '나'의 연애가 '너'의 강간이 되고, '나'의 정의가 '너'의 억압이 된다. 신문은 줄거리를 찾을 수 없는 잉크로 가득하고, 우리의 머릿속은 망상으로 가득하다. 객관적인 사실에 대한 믿음은 아득한 신화가 된다. 줄거리는 찾아보기 힘들고 무수한 잔가지들이 돋아나 어둠을 뚫고 거슬러 오른다. 넘치는 말들 속에 점점 더 찾기 힘들어진 줄거리의 사정을 추적하는 속도감 넘치는 진술이 흥미롭다. (a)

겨울 두 사람

한여진

바구니 가득 귤이 쌓여 있고
다 때려치우고 귤 농사나 짓고 싶다 생각한다

살려고 쓰는 나와
쓰기 위해 산다던 너와

어제와 엊그제와 모든 삶이
거대한 기록이라는 게

참 이상하지

책상 너머 너의 작은 뒤통수는
연필을 꾹꾹 눌러가며 오늘도 쓰고 있다

쏟아진 귤들이 와르르 굴러가는 소리에
고개를 번쩍 든 우리의 눈빛이 서로를 스치고

너를 귤 농장에서 처음 만났다고 쓴다

혼나지 않기 위해 귤을 따야만 했던 그때
우리 입가는 몰래 먹은 귤 조각들로 가득했다

침대보엔 말린 귤 껍질들이 뒹굴었고

우리가 속삭인 비밀들을 먹고 자란
귤나무는 다음 해 무엇을 피워낼까

누군가 손톱으로 귤 껍질을 찌른다
작은 교실에 향들이 와르르 쏟아지고

작문 숙제를 하는 네 손톱 아래가
온통 노랗게 물든 것을 흘끔거리다가

계속 쓴다

이런 건 상품 가치가 없어!

마을 너머에 살던 어른들이 찾아와 항의를 했지
귤을 먹었더니 글쎄 시도 때도 없이 노래를 부르게 됐다나

그건 귤 껍질의 흰 속살처럼
달걀의 속삭임처럼 병아리의 마음처럼
작은 너와 나의

이야기들이었지
시커먼 팔꿈치를 핥고
독뱀을 잡아 멀리 풀어준 일을

어떤 나무는 악취 탓에 뽑히기도 한다는 것을
말할 수 없는 것에 대해 말하도록 태어난 사람의 운명을
모든 여행자는 끝내 정착하고 만다는 사실을
가여워하던 너와 나의 전부가

속속들이 까발려지고
노래가 되었는데 그래도
끝나지 않던 얘기들

농장 주인에게 흠씬 맞은 날
황금빛 알갱이 같은 눈물이 툭툭 쏟아지고
다 때려치우고 글이나 쓰며 살고 싶다 생각했다

눈에 보이지 않는 것들이
나무를 키워내고 또 귤 한 알 열릴 때까지
얼마나 많은 시간이 필요할까

쓸 수 있는 것과
써야만 하는 것

그런데 사람들은 쓸모없는 건 돈 주고 사지 않는데

지금도 죽어가고 있는 우리가 그럴 수 있니

귤을 까서
서로의 입에 넣어준다

아직 숙제는 끝내지 못했는데

참 달고 새콤하다

다 때려치우고 따듯한 귤이나 되고 싶다 생각한다

(『현대문학』 2019년 12월호)

"살려고 쓰는 나"와 "쓰기 위해 산다던 너" 두 사람이 겨울을 나는 이야기이다. 두 사람은 귤 농장에서 만나 일을 하며 "계속 쓴다". 시의 첫 구절은 "다 때려치우고 귤 농사나 짓고 싶다 생각한다"로 시작되어 마지막 구절은 "다 때려치우고 따듯한 귤이나 되고 싶다"로 끝난다. 두 사람에게 귤 농사는 쉽지 않다. 귤 따는 것보다 이야기들에 열을 올리니 침대보엔 말린 귤 껍질과 수많은 이야기들이 뒹군다. "속속들이 까발려지고/노래가 되었는데 그래도/끝나지 않던 얘기들" 때문에 농장 주인에게 흠씬 얻어맞고 "황금빛 알갱이 같은 눈물"을 툭툭 쏟으며 "다 때려치우고 글이나 쓰며 살고 싶다"고 생각한다. 그러나 글은 돈이 되지 않기에 두 사람의 귤 따기는 끝나지 않는다. 교환가치로서의 귤은 쓰디쓴데, 사용가치로서의 귤은 "참 달고 새콤하다". 귤 농사도 어려우니 다 때려치우고 따듯한 귤이나 되고 싶다는 한탄이 나올 만하다. 주경야독(晝耕夜讀)이 아닌 주귤야설(晝橘夜說)하는 두 사람의 고군분투기가 새콤한 귤 맛 같다. (a)

어느 날, 좋은 여름

한영옥

발긋발긋하면서 뽀얗기도 뽀얀
복숭아들이 소쿠리마다 넘쳐나는
과일 시장의 농익은 향내를 쐬며
황홀하게 걷고 있는 중이다
다 같은 복숭아래도 저렇듯 다 달라,
저렇듯 달라서 한 뭉텅이가 된 거지
과일 봉지 덜렁이며 어깨 스치는 사람들의
낯설지 않은 훈기를 받고 있는 중이다
다 같은 사람이래도 이렇듯 다 달라,
이렇듯 달라서 서로 얼싸안기도 하는 거지
다르다 해도 거슬러 보면 복숭아인 거고
오래 올려다보면 사람은 또 사람인 거고
쪼개져 나오던 먼 비탈길 함께 오를까
저기 웃음이 마냥 좋은 여자분과
목소리 넘치지 않은 듬직한 남자분과
수북한 과일과 사람들 사이에 있다
향내와 훈기 연신 바르며 있다.

(『시와사상』 2019년 가을호)

다 같은 복숭아처럼 보이지만 어떤 복숭아는 발긋발긋한가 하면, 또 다른 복숭아는 뽀얗다. 하지만 자세히 보면 한 뭉텅이의 복숭아는 조금씩 차이를 가진 서로 다른 복숭아가 모여 이뤄진 것이다. 사람들 역시 그렇다. 외모나 피부색 등으로만 구분해보면, 얼핏 서로 비슷비슷해 보인다. 하지만 설령 샴 쌍둥이라도 서로 다른 꿈과 이상을 갖기 마련이듯이 애정과 관심을 갖고 한 명씩 지켜보면 모두들 분명 양보할 수 없는 저마다의 개성과 고유성을 갖고 있다. 따라서 진정한 아름다움은 각기 다를 수밖에 없는 것들을 평면적이고 수평적인 차원으로 환원하는 데서 발생하지 않는다. 오히려 각자마다 다른 차이를 적극적으로 "얼싸안"는 데서 온다. 하지만 서로의 차이를 지나치게 강조하다 보면, 자칫 보편적 공동체의 가치보다는 개체의 독립성과 자율성을 중시하는 고립된 개인주의로 흐를 수 있는 것도 또한 부인할 수 없는 사실이다. 분명 서로 다르긴 하지만 복숭아는 복숭아대로, 사람은 또 사람대로 서로 간에 공유하고 있는 보편성과 공통점을 간과할 수 있는 우려가 있다. 그러니까 마냥 웃음이 좋은 여자분과 목소리 넘치지 않는 남자분, 그리고 수북한 과일과 사람들 사이에서 터져 나오는 향내와 훈기는 단지 농익은 복숭아에서만 오지 않는다. 서로 다르면서도 같은 존재들의 조화로운 어울림에서 저절로 온다. 일반성과 고유성, 혹은 하나의 세계와 다양한 세계의 어우러짐 속에서 창조적으로 발생하는 것이 삶의 진정한 아름다움이라고 할 수 있다. (c)

슬픈 잎사귀

허형만

아마존의 원주민 카야포족은
난생처음 본 브라질 지폐를
그들의 언어로 '슬픈 잎사귀'라고 불렀다지.
그들에겐 날마다
하늘과 함께 숨 쉬던 푸른 잎사귀마저
슬픈 증오의 대상이 되고 말았지.
푸른 잎사귀를 볼 때마다
싱싱한 물고기를 떠올리던 나는
홍석화 선생의 토종 원주민 이야기가 아니었더라면
우리 돈 만 원짜리 푸른 지폐가
우리에게도 '슬픈 잎사귀'라는 생각을 미처 못 했겠지.

(『시와 경계』 2019년 가을호)

북유럽 신화 속의 굴바이크(Gullweig) 여신이 의미하는 대로 '황금에 대한 열망' 또는 애덤 스미스가 '개인의 욕망'을 표현하는 화폐는, 처음 물물 거래를 위한 상품의 가치나 가격을 나타내는 하나의 수단이었다. 하지만 어느 순간 화폐는 부의 상징이 되었고, 무엇보다도 욕망 그 자체가 된 오래다. 난생 처음 본 브라질 지폐를 그들의 말로 '슬픈 잎사귀'라고 명명한 아마존 원주민 가운데 하나인 카야포족은 그걸 직감적으로 알아차렸다. 그리고 어느 순간 그들은 오직 무한대로 늘어나는 인간 욕망을 충족시키기 위한 물질적 표시로서 돈의 본질을 깨닫고 맑고 투명한 하늘과 함께 숨 쉬는 "푸른 잎사귀"마저 증오하게 되었다고 한다. 한동안 '나'는 돈의 의미를 알기 전의 카야포족처럼 푸른 잎사귀를 볼 때마다 그저 싱싱한 물고기를 떠올릴 만큼 돈의 본질에 대해 심각하게 생각해보지 않은 사람이다. 하지만 카야포족의 돈에 관한 얘기를 읽고 곰곰 생각해보건대, '나' 역시 무한 증여를 가장한 거짓 증여의 화폐의 노예가 되어 있다는 걸 깨닫는다. 지금 '나'는 물질적 혜택을 동반하지 않는 화폐의 무한 증식을 통한 거짓 욕망의 붕괴로 인한 상호신뢰의 상실이 자본주의 시대의 가장 큰 비극이라고 생각하며 진정한 문명의 의미를 묻고 있는 중이다. (c)

숯 너머 동백

홍일표

남은 몸 하나 불의 자궁 속에 던져주었다
어느 외진 산기슭에 뒹굴던 것들
초록의 눈썹도, 가지 많아 옹골진 마음들도

잠시 지상에 머물며 반짝이던 여러 장의 색 바랜 문서를 파기하고
이곳에 없는 지도 속으로 투신한다

나뭇가지 끝에 매달려 흔들던 손
잘 가라고
다시 사람의 얼굴로 이곳에 오지 말라고

덩어리 하나로 몸을 고집하던 것들
불을 삼키고
머나먼 길을 걸어와 조용히 누운 검은 낱말 부스러기들을 헤적여본다

타닥타닥 오래된 잠에서 깨어
죽은 줄도 모르고 후끈 달아오르는 붉은 입술들

마지막까지 남아 서성이던 저녁 어스름은 알까
동백꽃 같은
바닥에 엎드려 깜박이는 저 순한 짐승이 다시 뜨겁게 걸어나오는 까닭을

(『문학동네』 2019년 겨울호)

"불의 자궁" 속에 들어간 "남은 몸 하나"는 어떻게 될까? 외진 산기슭에서 뒹굴던 나무토막을 불에 넣으며 하는 생각이다. 색 바랜 문서를 함께 던져 넣으며 "이곳에 없는 지도 속으로 투신"하는 존재들을 상상한다. 한 덩어리가 된 몸으로 불을 삼키고 검은 낱말 부스러기로 남은 문서들은 먼 길을 걸어와 조용히 누워 있다. 나무토막에 남아 있던 초록의 눈썹도, 가지 많아 옹이 진 마음들도, 나뭇가지 끝에 매달려 흔들던 손도 모두 사라지고 숯이 된 덩어리 하나만이 남아 있다. 깊은 잠에 빠져 있는 듯한 숯덩어리를 건드리자 "죽은 줄도 모르고 후끈 달아오르는 붉은 입술들"이 반짝인다. 마지막까지 하고 싶은 말이 남아 있는 것일까? 온몸이 재가 된 후에도 입술만은 붉게 살아 있는 듯하다. 떨어진 동백꽃처럼 곱게 누워 있다 깜박이며 되살아나려는 듯한 "순한 짐승"의 사연을 "마지막까지 남아 서성이던 저녁 어스름"은 알아들었을까? 불탄 나무토막의 재에서 반짝이는 불빛이 '붉은 입술'과 '뜨겁게 걸어나오는 순한 짐승' 같은 동물적 이미지와 연결되면서 역동성 가득한 시가 되었다. 나무토막에도 저토록 강렬한 생의 의지가 깃들어 있다고 생각하니 생명에 대한 묵직한 경외감이 느껴진다. (a)

새의 이웃과 나

황성희

날개를 뽑아두고 다니는 새를 알고 있다
새는 오랜 재활을 통해 다리를 늘려왔고
그 과정에서 부러진 자리가 운 좋게도 무릎이 되었다
관절을 구부리는 건 어렵지 않았다
뼈가 조금만 자신의 고정관념을 수정하면 될 일이었다
가장 힘든 건 발가락 수를 늘리는 일이었는데
새로 생긴 발로는 움키는 것보다 놓치는 게 더 많았다
아래층으로 새가 이사를 왔을 때
그는 기꺼이 편견 속으로 내던져질 준비가 되어 있었다
베란다 빨래걸이에 날개가 널려 있으면 그건
새가 산책 중이라는 뜻이었다
부리로 쪼고 싶은 충동을 억제하기 위해 새는
스스로 입마개를 썼다
윤리에 길들여지는 건 고난도 활강보다 쉽고 보람 있었다
나는 홀로 남은 새의 날개를 보며 오래 차를 마시곤 했다
어느 날 새는 자신의 두 날개를 들고 나를 방문했고
나는 선뜻 내 양팔을 뽑아 아직 팔꿈치가 없는 새에게
건네주었다 불우이웃은 불우이웃을 알아보는 법이다
여기는 가난한 동네였고 풍족한 것은 궁핍뿐이었다
머릿속에서는 오랜만에 아무 빵도 만들어지지 않았다
생각이 구워지는 고소한 냄새를 잃어버린 게 아쉬웠지만
손가락은 점점 더 가늘고 부들부들해졌고 그것들을

모두 한 방향으로 쓸어 넘기면 잠깐 깃털처럼 보이기도 했다
하늘에도 아무 해결책은 없었지만 꺼낼 눈물이 많지 않았다
난관은 머릿속에서도 머리 밖에서도 하필 별처럼 흔했다
높은 곳에 서면 새의 다리는 땅을 놓치고 싶어 후들거렸고
나는 비행 중 나도 모르게 하늘에다 발자국을 찍으려 했다
그때마다 날개와 구름이 거친 소리를 내며 부딪쳤다
아버지와 어머니께는 아무 말씀도 드리지 않기로 했다
그들이 아무것도 아니라는 걸 알리는 나의 방법이 그랬다
밤이 되면 새와 나는 날개와 양팔을 빨래걸이에 나란히
널었다 새는 노래를 잃어버린 하루를 조잘거리고 나는
말이 사라진 하루를 흥얼거렸다 막막하긴 했지만
우리가 빨래걸이보다 먼저 썩을 것임은 분명했다
그것이 이 가난한 동네의 유일한 재주이자 위로의 전부였다

(『시인동네』 2019년 8월호)

날개를 쓰지 못하는 새라면 다친 몸일 것이다. 새는 재활을 통해 다리를 늘리고 관절을 구부릴 수 있게 되었다 한다. 아직 발가락 수가 모자라 놓치는 게 더 많은 상태다. 이런 새가 아래층에 이사를 오고 '나'와 가까워지게 된다. 이 새가 산책이라도 하려면 편견 섞인 시선에 맞설 준비를 단단히 해야 한다. 어느 날 두 날개를 들고 방문한 새를 '나'는 선뜻 반갑게 맞이한다. 불우이웃이 불우이웃을 알아보듯이 서로의 처지를 단숨에 이해한 것이다. 하늘에도 아무 해결책이 없고 난관은 별처럼 가득하지만, 둘의 손가락은 점점 더 날개처럼 변한다. 새는 땅에서 멀어지고 싶어 하고, '나' 또한 하늘에 발자국을 찍으려 한다. 날개와 구름이 거친 소리를 내며 부딪치면 겨우 정신을 차리고 지상으로 돌아온다. 아버지 어머니도 모르게 둘은 함께 날고 함께 지낸다. 새는 노래하고 '나'는 흥얼거린다. 둘만이 나눌 수 있는 하루하루가 생긴 것이다. 날개를 널어놓고 조잘거리는 둘에게 미래는 막막하지만 끝이 없지는 않다. "우리가 빨래걸이보다 먼저 썩을 것임은 분명"하다는 위로 아닌 위로를 행하며 이 가난한 동네에 넘치는 궁핍을 함께한다. 결핍이 가득한 '버드맨'이 편견을 넘어 함께 비행할 수 있는 상대를 만나는 과정이 애잔하면서도 아름답게 펼쳐진다. 막막함조차 긍정하는 처연한 심사가 쓰리게 다가온다. (a)

소라게

황주경

집도 절도 없던 나였다
오랫동안 발품을 팔아 고르고 고른
석양이 아름다운 바닷가 집이었다
파도가 들려주는 노랫소리 들으며
혼자 살기 딱 좋은 집이라며 행복해했다
어느 날 좀 잘나가는 친구집을 다녀와서는
생각이 달라졌다
발을 쭉 펼 수 있게
친구라도 데려올 수 있게
가구라도 하나 놓을 수 있게
조금 더 넓은 집을 소원했다
재바르게 발을 움직였지만
생각처럼 더 큰 집을 구하기란 하늘의 별 따기였다
그때부터 노을을 바라보던 나선의 계단도 싫증났고
끊이지 않는 노랫소리도 짜증났다
허영이 심한 허기를 불러왔다
폭식이 불온한 영혼을 달래게 되었다
천장에 머리가 부딪쳤고
창으로 어깨가 비집고 나왔다
끝내 나는 문밖으로 빠져나올 수 없었으며
결국, 집을 이고 다니는 노예 신세가 되었다

(『울산작가』 2019년 28호)

"집도 절도 없던" 작품의 화자는 "오랫동안 발품을 팔아 고르고" 골라 "석양이 아름다운 바닷가 집"을 마련했다. "파도가 들려주는 노랫소리 들으며/혼자 살기 딱 좋은 집이라며 행복"하게 살았다. 그런데 "어느 날 좀 잘나가는 친구집을 다녀와서는/생각이 달라졌다". "발을 쭉 펼 수 있게/친구라도 데려올 수 있게/가구라도 하나 놓을 수 있게/조금 더 넓은 집을 소원"한 것이다. 그리하여 "재바르게 발을 움직였지만/생각처럼 더 큰 집을 구하기란 하늘의 별 따기"여서 "그때부터 노을을 바라보던 나선의 계단도 싫증났"다. "결국, 집을 이고 다니는 노예 신세가" 된 것이다.

우리나라 사람들에게 집은 주거의 공간이 아니라 투자의 대상이 된 지 오래되었다. 어떻게든 자신의 집을 소유해야 한다는 인식이 강박에 가깝다. 부동산 불패의 신화가 이 자본주의가 추구하는 이익을 확실하게 획득하는 방법이라고 증명되었기 때문이다. 따라서 우리 사회의 집 문제를 해결하기 위해서는 집에 대한 인식이 개선될 필요가 있는데, 작품의 화자가 보여준 상대적 박탈감을 극복하는 것이 그 한 모습이다. 물론 더 이상 집이 불로소득의 대상이 되지 않도록 하는 사회 제도의 마련이 우선 필요하다. (b)

2020
오늘의 좋은 시